TAKE
SHOBO

露天風呂で初恋の幼なじみと再会して、求婚されちゃいました!!

水城のあ

ILLUSTRATION
黒田うらら

海

露天風呂で初恋の幼なじみと再会して、求婚されちゃいました!!

CONTENTS

イラスト／黒田うらら

露天風呂で初恋の幼なじみと再会して、求婚されちゃいました!!

1　一人娘は居候

菊川詩子は心地よい風が耳元を吹き抜けるのを感じ、思わず竹箒を操る手を止めて大きく息を吸い込んだ。

「んー……」

箒を高く掲げるようにして大きく伸びをすると、寝起きでぼんやりしていた頭がすっきりしてくる。昨日は深夜までテレビを見ていたから、今朝は少し寝不足だったのだ。

ここ二日ほど雨が続いていたけれど、そのおかげで空気がいつもより清々しい。そして朝の日差しが詩子のポニーテールの襟足をジリジリと焦がしていく。

やっと五月の連休が終わったばかりなのに、今日は暑くなりそうだと思いながら太陽を見上げ、一瞬だけその眩しさに目を細めると、再び掃き掃除を始めた。

詩子の家は東京から車で二時間ほどの、出岡という海に近い温泉街で割烹旅館喜久川を営んでいる。

この三月に横浜の女子大を卒業したばかりの詩子は春から実家の旅館で働いており、今は朝の玄関掃除の真っ最中だ。

と言っても、実家の手伝いは子どもの頃からしているし、給料もお小遣い程度だから世間でよく言われる家事手伝い、つまりフリーターと大差ない。

幼い頃は一人娘として旅館を継ぐように言い聞かせられていたからそれも我慢できたけれど、跡継ぎから外されてしまった今となっては、さっさと自立して家を出たいところだ。

詩子が跡継ぎから外されたことには事情がある。それは二年前、家族で詩子の成人祝いの膳を囲んでいるときだった。

祖母の蓮子(れんこ)がみんなを見回して、改まった口調で言ったのだ。

「詩子も二十歳になったし、大学もあと二年だ。ここらでこの家のことをはっきりさせておこうと思うんだよ」

この喜久川で大女将(おおおかみ)の蓮子に逆らえる人などいない。詩子の両親だけでなく、まだ幼稚園に上がる前だった弟の充樹(みつき)ですら姿勢を正した。

「この喜久川の跡取りのことだけどね、あたしはこの充樹に継がせようと思ってる」

祖母の言葉の意味がわからず、詩子は数秒、いやもっとかもしれないけれど頭の中が真っ白になった。

それからしばらくして祖母の言葉が脳に届いた詩子は、親子三代続く加賀友禅の振り袖の袂(たもと)を振って立ち上がった。

「はぁ!?　今更なに言ってるの！」

子どもの頃から跡継ぎなのだと言い聞かされてきた詩子にとって、祖母の言葉はまさに青天の霹靂というたとえがぴったりだ。成人の祝いの言葉にしては冗談がきつすぎる。

それなのに母は、

「あら、詩ちゃんよかったじゃない！　婿養子のこととか考えずに、好きな人と結婚できるのよ！　お母さんは一人娘だったから大女将に当然のようにお見合いをさせられて、お父さんと結婚したんだもの。うらやましいわ～」

そう言いながら嬉しそうに手を叩いたのだ。

「本当に感謝してほしいぐらいだよ。もっとも詩子は昔っから近所の悪ガキども以外男っ気もないみたいだし、大学を卒業したら見合いでもして、さっさとこの家を出て行っとくれ」

——ひどい。ひどすぎる。弟が生まれるまでは、ちやほやとまでは言わなくても、多少は総領娘として大事にされていた身としては、傷つくことこの上ない言葉だ。

喜久川は代々男子が生まれにくい家系で、生まれても成人するまで生きることができない弱い男子が多かった。その証拠に祖母には兄と弟がいたけれど二人とも身体が弱く、戦後の食糧不足に耐えきれず亡くなってしまったそうだ。

そもそも母は一人娘だったし、詩子もついこの間まではそうだった。

大人になったら婿を取るから、普通に好きになった人とは結婚できないとずっと言い聞かされ、反発しつつも、それが自分の運命だと受け入れてきた。

それに一人娘と言っても甘やかされたわけではなく、小学校を卒業する頃には友達と遊び回る時間もないほど行儀作法を教え込まれ、夏休みは母と祖母の後ろをついて歩いて旅館の仕事を覚えさせられた。

　お客様の前にこそ出ないけれど、朝の日課である庭掃除も、風呂掃除もプロのレベルだ。それも将来の自分のためだと思ったからこそ耐えられたのだ。

　それなのに男の子が生まれたからおまえはいらないと言われて、納得できるはずがない。

　詩子が生まれ育った喜久川は明治後期から続く老舗で、地元の海の幸をふんだんに使った料理を楽しむことができる割烹旅館だ。そのため、季節ごとの料理を味わうために足を運ぶ常連客も多い。

　部屋数的には離れの特別室を入れても十室ほどという、決して規模が大きな旅館ではないけれど、限られた従業員で全室部屋で食事を提供するとなるとこれが精一杯だ。

　ありがたいことに過去の顧客の中には文豪と呼ばれた人もいて、その影響か今も文化人や有名な女優、歌舞伎俳優がお忍びで利用することもあり、喜久川はこの不況の中でも一年を通して安定した予約数を誇っている。

　その反面、老舗と言えば聞こえはいいけれど、若い詩子には昔からの決まり事など面倒くさいと感じてしまう部分も多い。

　それに現在の利用客は年配の方が多く、いくら数代続くお客様と言っても、今のままでは若い人は少しずつ離れていくだろう。もし跡を継いだとしても経営の安定が約束されているわけではなかった。

七十を過ぎた今も大女将として健在の祖母に言わせると、連綿と続いてきたものを守り続けるのが女将の役目だそうだ。

そしてその喜久川を守り続けていくためには詩子より充樹ということで、結局自分はそれだけの存在だったのだ。

跡継ぎでなくなった詩子はいらない。祖母にそう言われたような気がした。

どうせいらない人間なら、早く自立して家を出たいと考えるのが自然で、詩子は大学を出たらそのまま東京方面で就職をするつもりだった。

ところがいざ就職を考えても、お嬢様大学と聞こえがいいだけの三流大学では内定をとることもできずに卒業のときを迎えてしまう。

そもそも大学の友達は卒業後は家事手伝いや結婚という進路も多く、就職を決めた子もほとんどが親の会社や親戚のコネというのが多かった。

大学の寮に入っていたため卒業と一緒に出なくてはならなかったし、元々卒業と同時に仕送りをストップされる約束になっていたため、アルバイト以外収入のめどが立たない詩子は、半ば強制的に実家に戻ることになった。

蓮子が熱心に呼び戻した理由はよくわかっている。下手に東京でどこの馬の骨かもわからない男とくっつく前に、自分の眼鏡にかなったところへ嫁がせたいのだ。しかもなるべく早くと考えているのが、定期的に母が運んでくる見合い写真の量から透けて見える。

詩子にはお見合い写真を見る気すらないけれど、蓮子は強引なところがある人だから、気づいたら結納の席に座らされていそうで怖い。

「……おばあちゃんならやりかねないから怖いんだよなぁ」

思わず竹箒に寄りかかりながらため息を漏らしたときだった。

「お嬢、おはようございます」

突然声をかけられて、詩子は慌てて体勢を立て直した。

「……!!　お、おはよ……っ」

庭先から姿をみせた白い調理服を着た男性は、慌てる詩子に向かって目を細め白い歯をちらりと見せる。

「大丈夫ですよ。大女将にはお嬢がサボってたなんて言いませんから」

「べ、別にサボってたわけじゃないもん。ちょっと考えごとをしてただけだし。悟さんこそ、調理場はもういいの？」

詩子はせかせかと箒を動かしながら、調理服の男性に向かって言った。

彼、伊瀬悟は喜久川の料理人で、詩子が十歳のころにはもう住み込みで働いていた、喜久川にとっても詩子にとっても家族同然の人だ。

歳は三十代前半のはずで、独身なのに調理服にはいつもピシッとアイロンがかかっていて、清潔感がある。

人見知りなのか口数が少なく、喜久川の人間のように身内同然の付き合いをしている人以外に愛想がいいとは言えないけれど、とにかく真面目だ。

　よく見れば爽やかな容貌だし、もっとお洒落をして外に出るようになれば女性に騒がれそうなタイプなのだけれど、本人はまったく興味がないらしく、詩子が知る限りは浮いた噂など聞いたことがない。

　それに一回りは歳が離れているのだから必要ないと言っているのに、律儀に敬語を使い続けるところは不器用すぎるほどだ。

「ええ。さっきすべての部屋の朝食を出し終えたところです」

　悟がいつもの口調で頷いたから、詩子も丁寧に頭を下げた。

「そう。今日も早くからお疲れ様でした」

「今週から来月のデザートの試作をしているので、また試食をお願いします」

「やった！　悟さんのデザート大好き!!　出岡に戻ってきていいことなんて、それぐらいだもん」

「……あの、なにか悩み……でもあるんですか」

　心配そうな悟の顔に詩子は首を傾げる。

「え？」

「さっき、考えごとって」

「ああ」

　悟の質問の意味を理解して、詩子は笑い出した。

「たいしたことじゃないの。ほら、こっちに戻ってから、おばあちゃんがお見合いしろってうるさいの、知ってるでしょ。もうめんどくさいなぁって。早いところ自立してこの家を出なくちゃって思ってたのよ」

本当はこんなところでグズグズと考え込んでいても仕方がないのだ。就職がダメなら、まずはアルバイトをして実家を出るための資金を貯めるというのが手っ取り早いのかもしれない。

時間をかけて物事の答えを出すのが苦手な詩子は、あまり悩まない。パッと思いついたことから手当たり次第やってみるタイプだ。

潔いとか気っ風がいいと言われることもあるが、実はあまりよく考えていないというのが本当のところで、そのおかげで学生時代は痛い目を見たことも少なからずある。

でもそういう性格なのだから仕方がないと割り切って、何度でもチャレンジするタイプだった。

「もうどうしようもなくなったら、駆け落ちとかしちゃおうかな～」

――うん。それも悪くない。そうしたらこの面倒くさい家からも出られるし、駆け落ちするぐらい好きな人と一緒なら幸せになれそうだし。

今の自分にはその自由があると思えば、少しは気分も晴れる気がする。

詩子が箒を手にひとり頷くと、悟がなぜか心配そうに眉をひそめた。

「……あの、もしかしてお嬢にはそういう人がいたりするんでしょうか？」

「へ？」

「その……お嬢の駆け落ち相手のこと、なんですけど」

そう口にした悟の顔はなぜかほんのりと色づいて見える。

詩子は一瞬きょとんと目を見開いて、それから意味を理解すると弾けるように笑い出した。

「あははは！　ごめんごめん。例えばって話よ？　おばあちゃんもうるさいし、今駆け落ちしようなんて誘われたらついて行っちゃうかもって話だから、本気にしないで」

「そ、そうですか」

ホッとしたように表情を緩める悟に、さらにクスクスと笑いがこみ上げてしまう。

「悟さんってば、心配しすぎ。駆け落ちの相手なんてそうそういるわけないじゃない」

このちょっと過保護なお兄さんという態の悟が嫌いではない。むしろ見た目とのギャップが乙女心をくすぐるところがある。

詩子は勝手に悟を〝ダサカッコいい〟と思っていた。二枚目俳優さんのようになんでもそつなくこなすタイプではないけれど、心が温かいとでも言えばいいのだろうか。

「お嬢は……喜久川が嫌いなんですか？」

「ん～そんなことないけど、この家を継ぐのは充樹って決まってるでしょ。別に旅館の仕事がイヤだから出て行きたいとかそういうのじゃないの。やっかい払いをしたがってるのはおばあちゃんの方だもん。向こうが私を追い出そうとしてるんだから」

「そんなことあるわけないじゃないですか！　大女将はこの春にお嬢がこっちに戻ってく

るのを、とっても楽しみにしてたんですよ」

　悟は蓮子と詩子の仲を悪化させないよう気遣ってくれているのだろうけれど、そうでないことぐらい生まれたときから付き合いがある詩子の方がよくわかっている。

　でもそれを伝えても真面目な悟はそんなことはないとさらに言いつのりそうな気がして、詩子が曖昧に唇を緩めて見せたときだった。

　喜久川の前の通りを観光バスが二台続けて走り抜けた。バスは大手旅行会社のツアー客で、平日だというのにほぼ満席に見える。

　喜久川のすぐ裏手に建つ〝シーサイドリゾート海扇館(かいおうかん)〟の客だろう。観光バスは朝の出発が早いのだ。

「あーあ。お隣さんはいいな～」

　思わずぼやいた詩子に、悟が苦笑いを浮かべた。

「ああ、相変わらずお客さんが多いですよね。観光バスもバンバン来てますし。でもうちとあちらはタイプが違いますから」

「まあね。お客さんが多いとか観光バスが来るとか、そういうのがうらやましいんじゃないの」

「え？」

「海扇館が元々は今の本館しかなくて、うちと同じぐらいの規模の旅館だったたって話は悟さんも聞いてるでしょ？」

詩子の言葉に悟が頷いた。

「ええ。俺が喜久川に来たときにはもう立派なホテルが建ってましたけど、板長から話は聞いてます」

「私が生まれる前にすごく景気が悪くなったことがあったんだって。このあたりはそのおりで廃業する旅館やホテルが多くて、うちも高級旅館の部類に入るから当時は大変だったみたい。で、お隣のおじさんはその不景気のときに売りに出た土地と自分の敷地で、あのリゾートホテルを作ったのよ」

「バブルの頃ですね。俺も実際には知らないですけど、土地とか建物がバンバン売買されたって」

「そうそう。でね、不景気の中残ってるホテルのほとんどが規模を縮小してる中で、お隣さんだけは今こそお客を呼ぶときだって言って、旅行会社に企画を持ち込んでお客様を呼んだのよ。で、そのおかげでこの出岡の中でも海扇館は今も特別繁盛してるってわけ」

お隣の経営手腕はすごい。みんなが不景気で消極的になり守りに入っているときに攻めに転じるなど、簡単に決断できることではない。

オーナーのことも子どもの頃からよく知っているけれど、普段はとても優しいおじさんだ。あの攻めの戦略を考えたとはとても思えないほど、ほんわかとした温かみのある性格の人だった。

「私がお隣のことをうらやましく思うのはね、自由があるってこと」

「自由？」

詩子は、海外にホテル経営の勉強をしに行っている、お隣の幼なじみの顔を思い浮かべた。

「そ。うちは……そりゃ、老舗でそこそこ繁盛してるかもしれないけど、考えが古いのよ。もっと新しいお客様を呼ぶために新しいこととかも取り入れていけばいいのに、おばあちゃんは聞く耳持たないし、逆に余計な口出しをするなって怒られちゃうんだもん」

詩子は拗(す)ねたように唇を尖(とが)らせた。

「老舗って言っても色々あるんですよ。喜久川には喜久川の良さが、お隣にはお隣の良さがあるんです。それにほら、隣の芝生は青いって言葉があるじゃないですか」

「向こうには向こうの苦労があるってことよね～」

詩子はため息をついて大きく伸びをした。

「あ、あの……それよりその……お嬢、お見合いの話なんですけど」

「え？」

悟の声が小さすぎて、詩子が聞き返そうとしたときだった。

「ほらほら、いつまで玄関の掃除をしているつもりなんだい？」

厳しい声がして、詩子と悟はその声の鋭さに小さく肩を竦(すく)ませた。

いつの間にやら祖母の蓮子が玄関先にいて、立ち話をしていた詩子たちに向かって厳しい視線を向けている。

朝から大島の紬を着込みしゃんと背筋を伸ばした姿は、もう七十を超えているはずなのに、詩子の母親と間違われてしまうほど若い。

「そろそろ早いお発ちのお客様がいらっしゃるんだから、見苦しいものはさっさと片付けな。ここは立ち話をする場所じゃないんだからね」

そう視線を向けられたのは詩子が手にしていた竹箒だ。お客様の見送り前に、間違いがないか見回りに来たのだろう。

「今片付けようと思ってたの！」

詩子が唇をへの字にすると、蓮子はその様子を鼻で笑う。

「口ではなんとでも言えるけどねぇ。ほら、さっさと片付けておくれ」

「……」

これ以上言い返しても無駄だ。せめてもの抵抗に詩子はあからさまにふて腐れた顔で箒とちりとりを手に取った。

「すみません。俺が話しかけて掃除の邪魔をしたんです。お嬢は悪くありませんから」

「相変わらず悟は詩子に甘いねぇ。こんな中途半端な子、かばってやる必要なんてないんだよ」

「なによ！　中途半端って!!」

「就職もせず、かといって親が勧める見合いに興味を持つわけでもなく、小遣いだけもらって実家に居着いてるんだ。中途半端以外の何があるんだい？」

蓮子の話だけ聞いていたら、詩子がどうしようもない穀潰しに聞こえる。

「な！　ちゃんと家の手伝いしてるでしょ！　むしろバイト代欲しいぐらいなんだけど‼」

これは正当な要求のはずだ。詩子はせっかくの機会だからと、拳を握りしめて訴えた。

「いい？　私が孫じゃなかったら、労働条件悪すぎて、ブラック企業として労働基準監督署に訴えられてもおかしくないんだから！」

「あーあ。やだねぇ。女は学がつくと可愛くないったらありゃしないよ。都会の学校にやったのは間違いだったかねえ。悟はこんな可愛げのない女を嫁にもらうんじゃないよ」

「なによそれ！　じゃあうかがいますけど、おばあちゃんやお母さんに可愛げがあったことなんてあるんですかね？　もしないならもう遺伝だからそっちが悪いんじゃないの？」

「ああ言えばこう言う。口ばっかり達者でも役に立ちゃしない。そんなにこの家の手伝いが嫌なら、こっちはいつ出て行ってもらってもかまわないんだよ」

ぴしゃりと言い切られ、詩子もついカッとしてしまう。

「いいわよ！　おばあちゃんがよぼよぼになったとき、泣いて頼んできたって喜久川の手伝いも老後の面倒も見てあげないんだからね！」

詩子は腹立ちのあまり、手にしていた竹箒を地面に投げつけた。

「お、お嬢！　なに言ってるんです。大女将にそんなこと言っちゃ」

悟が詩子を宥めようと必死になったけれど、ここまで頭に血が上ってしまったら、どうしようもない。とりつく島もないとはこのことだろう。

「悟さんは黙ってて！　これは私とおばあちゃんの問題だから！」

「いい度胸じゃないか。悟、おまえも聞いてたね？　今後一切、喜久川はあんたの面倒は見ないからね。どこへでも好きなところに行って勝手におやり！」

　蓮子の言葉に、詩子は返事もせずにその場から駆けだした。


「はぁっ」

　冷静になって朝のやりとりを思い出し、詩子はため息をついた。

　昔から母より祖母に性格や気質が似ていると言われていたけれど、その似たもの同士がぶつかるとこうも拗(こじ)れるものなのかと、さすがの詩子も頭を抱えたくなる。

　でも蓮子のほうがいつも自分だけで決めたことを、一方的に詩子に押しつけて来るのだ。詩子だって言いたいことを言ってもいいはずだ。

　何度もそう結論づけて、今朝の祖母とのやりとりを正当化しようと思うのだけれど、気がつくと自己嫌悪でため息をついてしまう。

「そういえば、諒介(りょうすけ)戻ってきたの知ってるか？」

　詩子がぼんやりしながらアイスコーヒーのストローをくわえたとき、カウンターの中でグラスを拭いていた幼なじみ、安西保(あんざいたもつ)が言った。

デニム地のエプロンには、少し色あせた白文字で〝イーグル〟という店名が印刷されている。

イーグルは出岡でも数少ない喫茶店で、見た目こそ古くさいけれど、今風に言えばレトロで昭和の香り漂う店だ。

それにファーストフードやお洒落なカフェのない出岡には欠かせない憩いの場で、詩子は出岡に戻ってからはほぼ毎日のようにここに足を運んでいる。

詩子の五つ年上の幼なじみである保は昼の喫茶店担当で、夜はその父がカラオケスナックとして切り盛りするという営業スタイルだ。

そしてたった今名前の出た諒介も幼なじみで、今朝悟と話題にしていた隣の温泉リゾートホテルのひとり息子だ。

ホテル経営の勉強のため、ここ数年は海外と日本を行ったり来たりしている。保と諒介は同級生だから、ご近所の幼なじみの中でも特に仲がいい。

「あ、諒ちゃん戻ってきたんだ！」

諒介の顔を思い浮かべて、落ち込んでいたことも忘れて笑顔になった。

詩子にとっても諒介は生まれたときから側にいて、物心ついてからは家族よりも身近で、一緒に過ごした時間も一番長い幼なじみだ。

幼稚園に上がる前は諒介のことを本当の兄だと思っていて、彼が夜になると隣の家に帰ってしまうのを不思議に思っていた時期もある。

それになにより、詩子が初めて男の子として意識したのも諒介で、唯一詩子が恋心を抱いた相手だ。

結婚するのは一番好きな人という幼い知識で、自分はいつも一緒にいる大好きな諒介のお嫁さんになると思い込んでいたし、母の話ではみんなの前でそう宣言していたと言うから笑ってしまう。

しかしいくら初恋の相手と言っても、成長するにつれて少しずつ詩子にも喜久川の跡取りであるという自覚も出てきて、子供心にも好きという理由だけでは結婚できないということを知ってしまった。

考えてみれば向こうもリゾートホテルの一人息子だし、ライバルではないものの結ばれることのないロミオとジュリエットのようだと、自分の境遇を恨んだこともある。

もし諒介が詩子のことを好きならという多少の期待もあったけれど、諒介が中学に入る頃にはさすがに今までのようにかまってもらえなくなった。そして詩子が高校生のとき、向こうは詩子に見向きもせずに、大学を卒業すると同時に海外に行ってしまったのだ。

気持ちも伝えられず、はっきりとふられたわけでもない詩子の気持ちは今も宙ぶらりんのままだった。

「昨日戻ったらしくて、夕方店に顔出したんだよ」

「え、戻ったばっかりじゃん。おばあちゃんはなにも言ってなかったから、まだ知らないのかな」

「ああ。着いたばっかりだって言ってたから。でさ、明日の夜、光一のとこで、集まろうかって話になってるんだけど、詩の都合はどうよ?」

久しぶりに諒介に会えると思うと、少しドキドキしてしまう。でもそれに気づかれるのがイヤで、詩子は気のないふりをしてストローに口をつけた。

「あ、行く行く。ていうか、どーせ毎日暇だし」

光一もまた幼なじみのひとりで、温泉街にある居酒屋の息子だ。高校を卒業すると就職や進学で都会に出て行ってしまう友人たちの中で、保のように出岡に残っている数少ない人間だった。

「暇だからって……相変わらずひどいな。そんな憎まれ口ばっかりきいてると、諒介に嫌われるぞ?」

保の含みのある言葉にドキリとする。

「なっ⁉　べ、別に諒ちゃんに嫌われても全然平気だしっ!」

詩子は頬が熱くなった気がして、慌てて手元の雑誌を読むふりをして顔を伏せた。

「はいはい。とりあえずあとで光一にメールしとくからさ。って、おまえさっきからなに読んでんの?」

保がカウンターの中から詩子の手元を覗くように身を乗り出した。

「ああ、これ?　アルバイト情報誌のフリーペーパー。そこのコンビニでご自由にお持ちくださいって置いてあったからさ」

最近はアルバイトといえばスマートフォンやパソコンで検索する人が増えたけれど、このあたりは田舎のせいなのか、情報サイトにめぼしい求人が少ない。

新聞の折り込みや地元のフリーペーパーの方がアルバイトを見つけやすかった。

朝から祖母と喧嘩をしたことを午後まで引きずっていた詩子は、怒りにまかせてフリーペーパーを摑み取ってきたのだ。

「なに？　おまえバイトすんの？」

「うん。だって今すぐにでも家を出たいんだもん！　早く独立資金貯めないと！　もうおばあちゃんと一緒に暮らすの限界なんだ」

そう言いながら、雑誌の気になるページの角を折る。〝短期可・初心者歓迎〟なんて、なんとも魅力的だ。

「なんだよ。また蓮子さんと喧嘩したのか？　相変わらずだな〜」

「向こうがさっさと出て行けって言うんだから仕方ないじゃん！」

「詩子がバイトねぇ……なんならうちでバイトするか？　親父、夜に女の子の手伝いが欲しいって言ってたし、頼んでやるよ。スナックって言ってもカウンターの中だけの手伝いだし、親父もいるから安心だろ」

「やだよ〜。保っちゃんのところなんて知り合いしか来ないじゃん。それにおじさんにお給料交渉とかしにくいし。バイトするなら出岡以外にするんだ〜」

「なんで？」

「だって、ここじゃどこで働いたって知り合いばっかりで、おばあちゃんに監視されているようなものだもん。それってうちで働いているのと同じでしょ。とりあえず笹山とか大見とかで探そうと思って」

　詩子は車で十五分から三十分ほどの温泉街の名前をあげた。

　旅館やホテルの仕事はどこの温泉街でも常に人手不足で、実際にこのフリーペーパーにも旅館の仲居の仕事や売店の売り子などの募集が載っている。

「そんなもんかね～俺は気にならないけど……あ、いらっしゃいませ！」

　店の扉が開き、カランカランというレトロなベルの音が響いて、年配の男性が二人入ってきた。

「保、ホットふたつな」

　すぐ側の出岡漁港で働く漁師で、この店の常連だ。みんなに安さん、浜さんと呼ばれていて、顔見知りの詩子にもすれ違いざまに声をかけていく。

「よお、詩ちゃん。こんなとこで油売ってると、大女将に怒られるぞ」

「おあいにくさま！　その大女将に追い出されたんです～」

　奥のテーブルに腰を下ろした男性二人に向かって、詩子が顔をしかめる。

「いいねぇ。旅館のお嬢さんは。俺たちがあくせく働いてるときにのんびりしててもお金が入ってくるんだから」

「そうそう、こうやって優雅にコーヒーを飲んでても、従業員たちが頑張ってくれてるんだからうらやましいよ」

確かに昔から老舗旅館のお嬢さんと呼ばれてきたけれど、それはなにも知らない人の目線だ。実際には幼い頃は独りで大人しくしているように言い聞かされ、食事時はお客様優先で忘れられていることもあった。

しかも中学生になる頃には従業員とほぼ同じ仕事をしていたのに、今も昔もお小遣い程度しかもらったことはない。だったらよそで従業員として雇われ、割り切って働いた方がよっぽどましな気がする。

悪気はないのだろうが、蓮子と衝突したばかりの詩子は、なんだか馬鹿にされたような気がして二人を睨(にら)みつけた。

「お言葉ですけど、そもそも私は親にお小遣いもらって家の手伝いしている家事手伝いという名のフリーターで、世間じゃ居候っていう身分なんです！　しかも手伝いしてるのに厄介者扱いで、跡継ぎじゃないんだからどこでもいいから嫁に行けって、追い出されかかってるんだからね！」

すべて今朝蓮子に言われたことばかりで、自分で口にしただけで腹が立ってくる。まるで溜(た)まっていたものを吐き出すように、一気にまくし立てた。

どうだすごいだろうとばかりに言い切った満足げな詩子の顔とは裏腹に、オジサン二人の顔はなんとも言えない複雑な表情だ。

どうしてそんな顔をされるのかわからず詩子がカウンターの中の保を振り返ると、やはり保も同じ表情をしている。

「……な、なによ」

言いたいことがあるならはっきり言って欲しい。詩子が眉間に皺を寄せたときだった。

「……詩、それ自分で言ってて、なんか情けなくないか？」

保がぽつりと漏らした言葉に詩子は目を丸くする。

「へ？」

さらにはオジサン二人も力強く頷いて保に同意した。

「ごめんな、詩ちゃん。いろいろ苦労してたんだな」

「うんうん。そうだよな～あの喜久川の大女将が自分の孫にそんなに甘いわけないよな」

わかってもらえたのは嬉しいけれど、同情されている気がするのはなぜだろう。

「考えてみれば、昔で言えば詩ちゃんは廃嫡されたようなもんだっけ」

「そうそう。ずっと跡継ぎとして育てられたのに、男の子が生まれたら手のひら返されて」

「大女将がこのあたりの旅館やホテルとか企業のオーナーに、見合い写真ばらまいてるんだって？」

「……ば、ばらまくって……」

蓮子はそんなに見境なく詩子の見合い相手を探しているのだろうか。血を分けた可愛い孫を、そこまでして追い出したがっているのかと思うと、悲しくなってくる。

いや、そもそも蓮子にとっては、もう充樹しか可愛い孫ではないのかもしれない。

「……帰る」

詩子は保に向かってぽつりとそう呟(つぶや)くと、求人誌を手に立ち上がった。

「う、詩ちゃーん。元気出してな！」

「そうだぞ！　せっかくだから玉の輿(こし)を狙ってみるのはどうだ？」

背後からの微妙な励ましに返事をする気にもなれず、詩子は黙ってイーグルをあとにした。

2　再会は露天風呂

「ラジオ体操のとき、詩子に内緒って言っただろ」

誰かの小さな声に、小学校に上がったばかりの詩子は、麦わら帽子の下で俯（うつむ）いた。今にも溢（あふ）れそうな涙を必死で堪える。ここで泣いたらまた面倒くさがられて、ウンザリした顔をされてしまう。

「誰だよ、詩子なんて連れてきたの」

子どもだからこその容赦のない言葉に今すぐ逃げ帰りたくなった。

いつもそうなのだ。近所には年上の男の子たちが多く、詩子が遊びに加わろうとすると、すぐにこう言われてしまう。

出岡の小学校は過疎とまではいかないけれど、一学年に一クラスがやっとの生徒しかいない少人数の学校だ。

街の反対側、港の側にもう一つ小学校があり、やはりそちらも生徒数が少ないことから、近々統廃合があるのではないかともっぱらの噂（うわさ）だった。

詩子たちが通う小学校の生徒は、ほとんどが温泉街で商売をしている人やその従業員の子どもたちで、夏休みなど長期の休みになると親の目が届かない分、子どもたちだけで行動することが多くなる。

観光業、ましてや海辺の温泉街となれば夏がかき入れ時で、親たちにとっては自分たちの夏休みなどないようなものなのだ。

それは日頃喜久川のお嬢さんと呼ばれている詩子でも、他の子どもたちと変わらない。朝食を食べると、あとはみんなと外で遊んでくるようにと追い出されてしまう。

仕方なしに近所の男の子たちについて歩くことになるのだけれど、今のようにあからさまに嫌がられて、わざと置いてきぼりを食うことも多々あった。

グループのリーダーである六年生との身長差は優に三十センチ以上あり、子どもの詩子ですらみんなが自分を足手まといで面倒な存在だと思っていることが理解できるのに、親たちは気づかないのだろうか。

「今日は神社の裏山で崖滑りするんだから、チビにはムリだろ。詩子、家に帰ってろよ」

「そうそう、危ないからさ」

「……」

詩子はどうしていいのかわからずに男の子たちを見上げた。その拍子に溜まっていた涙がぽろりと零れた。

「わあ！　泣くなって！」

「詩子泣かせたら、あとで親父に怒られるぞ」

「う、詩～、いい子にしてたら、あとで川に行くときに混ぜてやるから」

男の子たちの中には喜久川の従業員の子どももいたから、本気で詩子を邪険にできないのだ。それも同格に扱われていないような気がして悔しい。

「ほら、詩子、泣くなって！」

そう言われても、一度溢れてしまった涙は簡単に止まらない。詩子がしゃくり上げると、男の子たちは困ったように顔を見合わせた。

「どうする？　今日山行くのやめとくか？」

「あーあ。楽しみにしてたのに」

「仕方ないだろ。詩子連れてくのは危ないって」

――面倒なんて見てもらわなくても平気。

そう言い返したいけれど、みんなが面倒くさそうにしている空気に言い出すことができない。せめてこれ以上泣かないように、詩子が唇をキュッと引き結んだときだった。

「いいよ。俺が連れてく」

「諒介、いいのかよ」

ひょろりとした背の高い男の子が言った。

「別に。それにコイツ帰らせたら、俺たちが勝手に神社の裏山に入ったってバレるかもよ」

諒介の言葉に、その場にいた男の子たちが顔を見合わせて、一人が大きくため息をついた。

「仕方ねーな。詩子もついてきていいぞ」

「いいか。危ないことすんなよ。おまえが怪我したら俺たちが怒られるんだからさ」

　みんなは口々にそう言いながらぞろぞろと歩き出し、詩子はホッとして諒介にくっついて、その集団の一番後ろに並んだ。

　諒介とは旅館の敷地が隣同士ということもあり親同士の付き合いも深く、自然と面倒を見てもらうことも多い。五つ年下の詩子は諒介にとっては手のかかる妹のような感覚なのだろう。

　詩子は小学校に上がるまで知らなかったけれど、同年代の子どもたちの中で、諒介は頭が良くリーダーシップもあったから、男女問わず友達が多かった。

　出岡の小学校は集団で登校するという決まりがなく、近所の子ども同士が誘いあって登校することになっていて、諒介と一緒に歩くために待ち伏せをしている女子がいるほどの人気ぶりだった。

　でもその頃の諒介は騒がしい女の子たちに興味がなかったのか、詩子がちゃんとついてきているかばかり気にしていたから、あとになって諒介たちが見ていないところで、女の子たちにずいぶん邪険にされたものだった。

　それまでは近所のお兄ちゃんとして詩子だけのものだと思い込んでいた諒介が、他の女子に話しかけられているのがひどく不思議で、諒介をとられたようで寂しくなった。

　それ以来諒介に手を繋（つな）いでもらったり、おんぶをしてもらったりするとなんだかドキドキして、心がくすぐったくなる。

　まだその気持ちがなんなのかはわからなかったけれど、詩子の狭い世界では諒介は特別だったのだ。

　男の子たちが遊び場にしている神社の裏山は、表向きには子どもが入って遊んではいけないことになっていた。

　神様が祭られている神聖な場所だし、手入れがされておらず荒れているから危険だという理由からだった。

　でも子どもにとってはそれこそが格好の遊び場で、木登りをしたり三メートルほどの高さの崖を滑り降りたりと好き勝手に走り回っていた。何度か見回りに来た先生や警察官に怒られたこともある。

「詩！　そっち危ないからこっちから来いよ」

　前を歩いている誰かがそう声を張り上げた。すると他の男の子も振り返って、詩子がちゃんと歩きやすいところを通っているのか確認してくれる。

　みんななんだかんだと言いながら、本気で邪険にするわけではないから、詩子もちょっと意地悪なことを言われてもついて回ってしまうのだ。

　出岡にもう一校ある小学校の男の子たちに比べると、温泉街の男の子たちは優しい。

　あちらは港のそばにあることから漁師の子どもが多く、荒っぽい男の子もいるせいか、温泉街の子どもたちとは雰囲気が違った。

その日もみんなのまねをして木登りをしようとする詩子を、安全な低い木に登らせてくれたり、崖滑りのときもちゃんと誰かが下で詩子が滑ってくるのを待っていてくれたりした。

太陽が真上を通り過ぎる頃には詩子のピンクのTシャツとショートパンツは泥だらけになっていて、三つ編みにしていた髪も半分ほどけ、汗と一緒に顔や首筋に張り付いていた。

こうなると真っ直ぐ家に帰るわけにも行かず、みんなで洋服を着たまま近くの小川に飛び込むことになる。

そのあと真夏の太陽で洋服を乾かしている間に、地元の人しか使わない無料の公共露天風呂に入ってから家に帰るのだ。

こうすれば裏山で遊んだことも親にバレないという子どもの浅はかな考えだったが、実際には洋服の布地の奥まで泥が入り込んでいて、それを見れば一目でなにをしていたかは明らかだった。

あの頃はみんなの後ろをついて回って、一人前に仲間のつもりになっていたのだ。どう見てもお情けで年上の男の子たちに相手をしてもらっていただけなのに。

大人になった今、あの頃諒介の後ばかりついて回っていた自分の姿を思い出すと、懐かしさに胸がキュンとして甘酸っぱい気持ちになってしまう。

諒介はどれぐらい日本に滞在するのだろう。詩子も高校卒業後は進学のため出岡を出てしまい、諒介が時折帰国したときは詩子が留守をしていて、まともに顔を合わせるのは

六、七年ぶりだろうか。
「うーん。いい気持ち」

詩子は露天風呂の中から身を乗り出し、二メートルほど下に流れる川を見下ろした。

子どもの頃みんなで入った露天風呂は健在で、旅館組合とは関係なく町内会で管理しているからか、利用するのは地元の人間ばかりだ。

たまに旅慣れたひとり旅の旅行者やツーリング途中のバイカーが立ち寄ることもあるけれど、普通の観光客には知られていない場所だった。

しかも男女で分かれているわけではないから、知っている人でなければわざわざ利用する人はいないに等しい。

温泉施設というよりはただの掘っ立て小屋で、辛うじて入り口の引き戸はあるけれど、扉を開ければもうそこは脱衣所で、衝立の向こうはすぐに外の景色が広がっている。

川よりも少し高いところに建てられており、出岡川のせせらぎを耳にしながらのんびりと湯に浸かることができた。

簡単な鍵すら付いていないけれど、扉に使用中の札をかけておけば誰かが入ってくることはない。おまけに川がカーブしていて、川向こうに建物がないので外から誰かに見られることもなかった。

平日の昼間など地元の人も寄りつかないから、子どもの頃からよく入りに来ていたし、今でもこうして時々息抜きにひとりで入りに来る。

詩子は湯船から立ち上がると、足だけ湯につけたまま大きな岩の上に腰掛けた。

いつもならこれから宿泊のお客様をお迎えするために着物に着替えなければいけない時間だ。

でも昨日から祖母と揉めているため家に居づらかった詩子は、今日も朝からひとりで外をぶらついていた。保たちとの約束までは外で時間を潰すしかない。

外といっても都会のようにシネコンがあるわけでも、時間が潰せるカフェがあるわけでもないから、こうして地元の人間だけしか立ち寄らない露天風呂で暇を潰すのがせいぜいだった。

光一の店の開店の時間にはまだ少し早い。保の店で冷たいものでも飲んで、一緒に光一の店に行くというのはどうだろう。

「あ〜でも風呂上がりは生ビール飲みたいし、光ちゃんの店まで我慢しようかな〜」

詩子が岩に腰掛け、ぼんやりと川の流れを見つめながら呟いたときだった。

——ガラリ。扉の開く音に、詩子はその場に凍りついた。

「……」

誰かが入ってくることなど有り得ないから、扉を開けた人物の顔をただ見つめることしかできない。というか、なにが起きたのかわからずに呆然としていたと言った方が正しいかもしれない。

それはほんの一秒か二秒の時間だったのに、まるで時が止まってしまったかのようだ。

そしてその沈黙を破ったのは詩子ではなく、突然の侵入者の方だった。

「なんだ、おまえも来てたんだ」

「きゃ――――！」

やっと我に返った詩子は自分が裸であることを思いだし、悲鳴を上げてお湯の中に飛び込んだ。

「なななな、なんで……っ？　勝手に入ってこないでよっ！　バカ！　えっち！　変態！」

侵入者はたった今思い浮かべていた初恋の相手で、これが数年ぶりの再会だと思うとのぼせてもいないのに頭がクラクラしてくる。

帰国したと聞いていたのだから、出岡に諒介がいるのはわかる。でもどうして真っ昼間から、こんな街外れの露天風呂にいるのだろう。

「諒ちゃん！　早く出て行ってよ！」

片手ですくった湯で牽制（けんせい）しようとするけれど、距離が遠すぎて派手な水しぶきのわりに、諒介のつま先を少し濡（ぬ）らす程度しか効果はない。

詩子が力任せに腕を振り回すと、パシャン！　と水面が一際大きく波打って、湯が跳ねた。

「うわ！　やめろって！」

大きな飛沫（ひまつ）に諒介は扉の陰に隠れたけれど、実際には距離がありすぎて諒介がいた場所を少し濡らしただけだった。

「使用中なのに、なんで入ってくるのよ！」

詩子は反対側の端に手桶があることに気づき、湯の中に身体を沈めたまま移動して手桶に手を伸ばす。

「なに言ってんだよ。使用中の札、ひっくり返ってなかったぞ。おまえ、忘れたんだろ」

「う、うそっ！　そんなことないもん！」

上擦った声で言い返してみたものの、言われてみれば札をひっくり返した記憶はない。というか、いくら誰も来ないとわかっていても、鍵もかけていない露天風呂で女一人というのは無防備すぎたかもしれない。

「……」

「ほら見ろ。自分が忘れたんだろ！」

「ち、違うもん！　とにかく早く出て行ってってば！」

詩子は手桶を握りしめると、湯船からすくった湯を諒介に思い切りひっかけた。

「わわっ!!」

派手な水しぶきと諒介の叫び声が上がり、一瞬遅れて引き戸がガタガタと立て付けの悪い音をさせながら閉じた。

「詩子！　覚えてろよ！」

扉の向こうで怒った諒介の声が聞こえたけれど、詩子は返事もできずに顔まで潜ってし

まうほど深く湯船に身体を沈めた。

有り得ない。何年かぶりの再会が素っ裸なんて、できることなら今すぐ数分前の自分に知らせに行きたい。

「ん〜〜〜！」

詩子は自分の口や鼻から出た空気がぶくぶくと気泡になって上がってくるのを見つめながら、ここからどうやって逃げだそうかと頭を抱えた。

「ははは っ！　それで諒介はびしょ濡れにされたのか」

居酒屋〝隠れ家〟の若き店主、相良光一（さがらこういち）がカウンターの中で盛大に笑い声を上げた。

光一と保と諒介の三人は同級生で、大人になった今もこうしてなんだかんだとつるんでいる。幼い頃から諒介にくっついて歩いていた詩子も、自然とその集まりに入れてもらっていた。

店は営業中だが、平日の夜となると観光客よりも地元の人間が訪れることの方が多く、まだ時間が早いこともあって、客はカウンターに並んで腰掛けた詩子と諒介だけだ。

「しかもさ、結局コイツ、札をひっくり返すの忘れてたんだぜ？」

諒介はカウンターに肘を突きながら隣に座る詩子を睨（にら）みつけた。

「た、たまたま忘れただけじゃん！　それにいつもならあんな時間に誰かが来たりしないもん！」

思わず唇を尖らせると、光一がよけいな茶々を入れてくる。

「詩、去年大学の夏休みで帰ってきたときも同じことやって、知らない人が入ってきたって言ってただろ。いい加減学習しろって」

「でもでも！　あのときは観光客で女の人だったもん！　それに、諒ちゃんはすぐに扉閉めてくれなかったんだよ。どうせ私の裸見てたんでしょ。ただの変態じゃん！」

そう強がってみたものの、あれが知らない男性だったらと思うとゾッとする。裸でひとりでいることが、あんなにも心許ない気持ちになると初めて知ったのだ。

そう考えたらたとえ裸を見られたとしても相手が諒介であったことに感謝するところだろう。

一応謝った方がいいのかもしれない。詩子は口を開きかけて次の言葉で真っ赤になった。

「バーカ。詩の裸なんかガキの頃から見慣れてるっつーの」

「なっ！　こ、子どもの頃と一緒にしないでよ！」

確かに幼い頃は一緒にお風呂に入っていたけれど、さすがにあの頃と同じのはずがない。ただでさえ初恋の人に裸を見られてへこんでいるのに、まったく成長していないと思われているとしたら、立ち直れない。

からかわれているとわかっているのに、詩子は諒介を睨みつけて頬を膨らませた。

「なんだよ。詩子、ガキの頃から変わってないのか」

「そうそう。ぺったんこは昔のまんま。あれじゃ彼氏もがっかりだろ」

「マジか！　まさかそこまでないとは……」

「そ、そんなことあるわけないでしょ！　ちゃんとありますっ！」

「いやいや、見栄張ってるだけだって。俺、最初背中かと思ったもん」

諒介がニヤリと唇を歪めたのを見て、詩子の頭にカッと血が上る。

「もおおおっ！」

詩子は怒りにまかせてカウンターに両手をバン！　と叩きつけながらイスから立ち上がった。

「諒ちゃんも光ちゃんもセクハラだから！　ご近所中に言いふらすからね！」

二人に向かってそう言い放ったとき、店の扉がガラガラと音を立てて開き保が顔を覗かせた。

「なに騒いでんだ？　外まで詩子の叫び声がきこえてるぞ」

「保っちゃん～!!　聞いてよ！　二人ともひどいんだから!!」

詩子は思わず保に駆け寄ると、ことの顚末を言いつのった。

せっかく久しぶりにみんなで集まったのに、こんなふうに自分だけからかわれるなんてひどすぎる。

この状況に慣れている保は口を挟まずにすべてを聞き終えると、詩子の肩を宥めるようにポンポンと叩いた。

「まあまあ、そんなに怒るなって。諒介にとって詩子なんて妹みたいなもんだろ。それに見られたからって減るもんでもないし」

そう言って詩子の背中を押して、イスに座らせる。それから自分もその隣に腰を下ろした。

「せっかくみんな揃ったんだからそんな顔すんな。大好きなお兄様が帰国したんだから、はい、スマイル！」

保の〝大好きな〟というフレーズに、急に恥ずかしくなる。考えてみれば、このメンバーは詩子が子どもの頃から諒介が大好きだったと知っているのだ。

詩子は照れ隠しに諒介に向かって顔をしかめると、子どものようにあかんべーをした。

「こんな性格の悪い兄貴なんて、ぜーったいにお断りっ」

「俺だってこんなお転婆な妹いらないっつーの」

諒介はニヤリと笑うと、詩子の真似をしてあかんべーを返してきた。

「はいはい。じゃあみんな揃ったところで乾杯な～」

光一が三人の前にドンドンと生ビールのジョッキを並べる。

「はい。諒介の帰国を祝ってかんぱーい！」

「うぃーす！　おかえりー！」

その声につられて、まだ膨れていた詩子もグラスをあげた。

「かんぱーい！」

カシャカシャとグラスをぶつけ合い、カウンターの中の光一も一緒にグラスを呷る。

「うーおいしい！　諒ちゃんのせいでお風呂上がりになにも飲めなかったんだもん」

「こっちだって風呂に入り損なったっつーの。それにしても詩子と酒が飲めるようになるとはな～」

しみじみと見つめられて恥ずかしくなる。少しは大人になったと思ってくれているのだろうか。

「そうか、諒介は詩子と飲んだことないんだっけ？　コイツこうみえてザルだから気をつけろよ」

「そうそう。なんでもガブガブ飲むから、間違っても奢るなんて言わない方がいいぞ」

「ひどっ！　いつもガンガン飲ませてくるのはそっちなのに」

詩子は光一と保を睨みつけた。

「はいはい。これつまみな」

カウンター越しに小鉢を差し出され、三人の前にはいくつかの料理が並べられていく。

「そういえば、保っちゃん遅かったね。なにかあったの？」

詩子は半分ほどになったビールのジョッキをカウンターに置いて保を見た。

「ああ。青年会の会議が近いから、その打ち合わせで泰治さんとこ寄ってきたんだ。ほら、街おこし企画を提案しようってアレ」

「へえ、今、青年会のリーダーって泰治さんなんだ」

諒介の言葉に保が頷いた。

「そうだ。おまえが帰国したって言ったら、次の青年会には必ず引っ張ってこいって」

「うわ……やべえ」

諒介が面倒くさそうに顔をしかめる。

泰治は諒介たちよりもさらに五つほど年上だからすでに三十歳を超えていて、やはり出岡の温泉旅館の息子だ。

詩子は歳が離れすぎているため直接遊んでもらった記憶はないけれど、諒介たちは小学校の時期が重なっていることもあり、年上の泰治には逆らえないらしい。

出岡ではその他に四十代以上が加入する壮年会、六十代以上の長老会、女性が加入する婦人会、出岡の女将が集まる女将会というのがあり、小さな街だから親同士や旅館同士など横の繋がりも合わさって、色々と付き合いが大変なのだ。

「街おこしのアイディアって言われてもな〜今までにも色々案を出したけど、どうせ長老会とか女将会にあれこれダメだしされて、ポシャるだけだしな」

「じーさんたちも喜びそうな企画か……」

カウンターの中の光一も考え込むように黙り込み、それから思いついたように詩子を見た。

「そういえば、詩はどうするんだ？　婦人会誘われてるんだろ？　婦人会でも街おこしの手伝いがあるんじゃねーの？」

「あー……私は別に関係ないし」

詩子は大学を卒業して出岡に戻ってきたとたん始まった勧誘攻撃を思い出して、眉間に皺を寄せながらビールグラスを呷った。

祖母や母を訪ねるような顔でやってきて、なんやかんやと婦人会の集まりに誘おうとしてくるのだ。

最近の婦人会は詩子のような実家が出岡で商売をやっている家の娘か、外からきたお嫁さんがお姑さんに押し切られて加入するぐらいで、中々人数が増えないらしい。

今はのらりくらりと逃げているけれど、秋祭りの準備が近づいてきたら、その勧誘も執拗になりそうで、想像するだけでゾッとする。

「やっぱり東京に行こうかな〜」

「詩子、出岡で働くつもりで帰ってきたんじゃないのか？」

諒介が驚いたように詩子を見つめた。

「おまえ、ガキの頃から旅館を継ぐんだって言ってたじゃん」

確かに子どもの頃はそのつもりだったけれど、今は事情が変わってしまった。そもそも、女将になると洗脳されていたのに、向こうが急にそれを翻したのだ。

「なんだよ、諒介知らないのか？　詩んとこ、弟が生まれたんだよ。今四歳だっけ？」

保の言葉に諒介は頷いた。

「ああ、それは知ってるよ。まだ赤ん坊のときに一度会わせてもらったし」

「じゃあ、詩子の廃嫡騒動は？」

「廃嫡？　詩、おまえなんかやったの？」

詩子は慌ててぷるぷると首を何度も横に振った。

「してないって！　保っちゃん！　それ、なんか私が悪いことしたみたいだからやめて。悪いのは向こうなんだから！」

「悪い悪い。まあ簡単に言うと、女系一族の喜久川に男が生まれたってことで、蓮子さんが充樹を跡継ぎにするって宣言したんだよ。アレって、詩子が二十歳になったときだっけ？」

「そう」

詩子は不機嫌も露わに唇を尖らせた。

「で、廃嫡の詩子はさっさと嫁に行けってことで、詩はただいま結婚相手を探すために見合い写真ばらまかれてるんだよな」

保の話を聞いた諒介は驚く顔もせず、さもありなんという顔で苦笑いだ。

「なんか蓮子さんらしいと言えばらしいな。で？　詩、見合いすんの？」

小馬鹿にするようにニヤリと笑われ、詩子はプイッと顔を背けた。

「しないよっ！　だから独立資金のためにどっか外でバイト探そうかと思って。街おこしイベントとか手伝ってる場合じゃないんだよね」

「ふーん。詩がアルバイトねぇ」

「な、なによ」

「いや、箱入り娘に世間の荒波はきついだろうなって思っただけ。お嬢様大学でアルバイトなんてしたことないだろ？」

「そんなことないよ。いつも家の仕事手伝わされてるし、大学のとき短期だけどバイトもしたことあるもん」

「へえ、すごいじゃん」

三人が感心したように詩子を見たから、住宅販売をしている友人の父親の会社で、ほんの三日ほどモデルルームの受付に座っただけだとは言えなくなった。

「ま、まあね。もうバイトの面接も決まってるし、婦人会どころじゃなくなると思うよ」

「じゃあ詩のバイトが決まったらみんなでお祝いしてやるよ」

光一の言葉に詩子は思わず笑ってしまう。

「ただのバイトに大袈裟だよ。それより、諒ちゃんこそいつまでこっちにいるの？」

諒介は東京の大学を出たあと、跡継ぎ修行も兼ねてここ数年はアメリカのホテルで働いていたから、ちゃんと話をするのは本当に久しぶりだ。

露天風呂での騒ぎがなかったら、もう少し普通に再会できたはずだった。そして何度思い出しても、初恋の人との再会が素っ裸だなんて有り得ない。

「言ってなかったっけ？　もうアメリカには戻らないんだ。これからは本腰入れて、海扇館の仕事をしようと思ってる」

「えっ！　そうなの⁉」

諒介は頷きながら、ジョッキに残っていたビールを飲み干した。

「光一～おかわり」

カウンター越しにジョッキを手渡すと、諒介はちらりと詩子に視線を流す。

「つーことで、これからはずっと出岡。詩もこっちに戻ったって聞いてたから、色々協力し合えると思ってたんだけどな」

「そ、そんなこと言ったたって……おばあちゃんが決めたことなんだし仕方ないじゃん」

なんだか責められているような気がして、詩子は諒介から顔を背けた。

「このまま喜久川を手伝う気ないのか？　それが嫌なら、例えば……地元の旅館の息子と結婚するとか」

含みのある言い方に、暗にお見合いのことを指しているのだとわかる。見合いという柄じゃないことは自分でもわかっているから、これ以上からかわないで欲しい。

保と光一もニヤニヤとこのやりとりを見守っていて、さらに恥ずかしくなる。

「ま、まだ結婚なんてしたくないもん！　それに……おばあちゃんが私のこといらないって言うんだから仕方がないじゃない。もともと旅館の仕事なんて大変そうだと思ってたんだから、わざわざ旅館にお嫁に行ったりしないでしょ。まあ、跡継ぎじゃなくなってラッキーって感じ？」

「それ、本気で言ってるの？」

なんとなく諒介の声のトーンが低い。ちらりと視線を向けると、なぜか不機嫌な顔で詩子を見つめている。

「そ、そうだよ。跡継ぎじゃなくなって、せいせいしたよ。自分で好きな仕事選べるし、おばあちゃんにうるさく言われなくていいし。ほら、それに婿養子もとらなくていいから、好きな人と結婚できるし！」

「……ふーん」

冷めた視線を向けられて、詩子はなんだか自分が悪いことを言っている気分になってくる。詩子を喜久川から追い出そうとしているのは蓮子で、詩子にはどうすることもできないのに。

「な、なによ」

「別に。光一～、おかわり早く」

「はいはい」

自分でやりたい仕事が選べることを喜んでいるのは本当なのだから、諒介に理解してもらわなくてもいい。

それに望みがないとはわかっているけれど、幼い頃諦めてしまった諒介への想いだって、今なら口にすることができる。たとえそれが受け入れられなかったとしても、詩子にはその自由があるのだ。

それなのに、諒介の返事は突き放すようで、詩子の胸の奥に小さな痛みが走った。

やっぱり諒介にとって自分は手のかかる妹で、妹の結婚は兄も気になる。そんなところなのかもしれない。

そのあとは話題も変わってみんなの近況を次々と伝え合いながら時間は過ぎたけれど、詩子は楽しさの中にほんの少しだけ寂しさを感じていた。

3　お仕置きは淫らなキスで

「あらぁ、似合うじゃない！」

　赤みがかった茶の小紋に髪を夜会巻きにまとめた女性が、鶯色の付け下げ姿の詩子を見て満足げに言った。

　女性は詩子がアルバイトの面接に来た会社の社長で、化粧や髪型で若作りをしているけれど、よく見れば三十代半ばと言ったところだろう。

　派遣のお座敷コンパニオンのアルバイト、しかも車で十五分ほどの隣町の温泉街という近さも魅力で応募したけれど、なんだか想像していた様子とは違う。事務所がマンションの一室なのはいいとしても、安西と名乗る女性は妙に艶っぽく、出岡に出入りをしているお座敷コンパニオンの女性よりもけばけばしい気がする。

　温泉街にはお座敷コンパニオンという仕事がつきもので、社員旅行や男性だけの旅行などの宴会で呼ばれて、お客様のお酌や話し相手になるのだ。

　喜久川は割烹旅館ということで、よほどのことがなければコンパニオンの女性を呼ぶことはない。でもお隣の海扇館は団体客をたくさん受け入れているから、お座敷コンパニオンが出入りすることもあり、詩子もお姉さんたちを何度か見かけたことがあった。

　でも安西はその海扇館に出入りしている女性たちとは少し雰囲気が違う。隣町で近いとは言っても、温泉街でも派遣会社のカラーが違うのだろうか。

「ありがとうございます。あの、安西さん。お化粧ってこんな感じでいいですか？　普段あんまりちゃんとお化粧とかしないんでわからないんですけど」

「全然オッケー！　すっごくいい感じよ～あなたまだ若いしお肌も綺麗だから、明るい色の口紅をつけるだけでも華やかになるからうらやましいわ。それに、今時自分で着物着られる子って少ないから助かる～あ、お客様の前では私のことは安西さんじゃなく、明菜さんって呼んでね。あなたは……そうねぇ、明美ちゃんとか恵美ちゃんなんていいんじゃない？　どうかしら」

「ええっと……」

　なんだか母の友人のような名前に、つい苦笑いを浮かべてしまう。どうやらアルバイトには源氏名が必要らしい。

　お座敷での接客だから実家でやっていることとさして変わりはないと軽い気持ちで来てしまったけれど、どうやら詩子の想像とはかなり違う雰囲気だ。うまくやれるだろうか。

「あの……私、こういうアルバイト初めてで、なにをしたらいいのかいまいちわからないんですけど……」

「大丈夫よ。ニコニコ～って笑って、お客様にお酌して差し上げるだけだから。他の女の子たちも一緒だから、みんなのお仕事よく見てね。明美ちゃん、ラッキーよ！　面接に来たついでに体験できてバイト代ももらえちゃうんだもの！　帰りにちゃーんと日払いするから頑張ってね！」

「はあ」

どうやらすでに源氏名は明美に決まったらしい。今更辞めますとは言えない空気に、詩子は困ったように曖昧な笑みを浮かべた。

最初は面接だけという話で来たのに、社長だと名乗る三十代半ばの女性は詩子の履歴書を見るなり、時間はあるかと尋ねてきた。

わけがわからず頷（うなず）くと、なぜかそのままアルバイトに入ることになってしまったのだった。

短時間でバイト代も高いし、都合のいい日だけでいいということで来てしまったけれど、誰かに相談してから引き受けた方がよかったかもしれないと思い始めていた。

「あのう……やっぱり私」

詩子が体験はやめにしたいと言い出す隙を与えず、明菜は勢いよく立ち上がって早口で言った。

「さあさあ！　そろそろ出ないと間に合わないわ～他の女の子たちもホテルの方で待ってるから」

明らかに聞こえないふりをされ、ぐいぐいと外に押し出される。そのままマンションの外で待っていたタクシーに乗せられてしまい、断ることができなくなってしまった。

――ぎゃ――！　おっさん！　どこ触ってんのよ！

今にも口を突いて出そうな叫びを飲み込み、詩子は作り笑いを浮かべながらひざの上に置かれたエロオヤジの手をぞんざいに払いのけた。

「や、やっだぁ！　も……もう！　変なとこ触らないでくださぁい……！」

自分でも驚くぐらい、わざとらしい高い声だ。

無理矢理あげた口角がひくついて、手が衝動的にオヤジの横っ面をひっぱたいてしまいそうになるのを必死で堪える。

他のコンパニオンの子たちはこんな酔っ払いの相手がイヤではないのだろうか。ちらりと周りを見回すと、お揃いのピンクのスーツを着た女性数名が、やはり詩子のように浴衣姿のオッサンに囲まれているけれど、ここから見る限り詩子のように嫌がっているようには見えない。

安西に連れられてホテルにやってくると、ロビーには三十前後と思われる着物姿の女性二人と、それよりも少し若いお揃（そろ）いのピンクのスーツを着た女性が数人待っていた。詩子と安西を入れると総勢十人になるから、かなり大きな宴会のようだ。

「おはようございます～」

そう言いながら立ち上がった女性のタイトスカートの短さに詩子は目を丸くした。膝上何センチと言うより、お尻や足の付け根から何センチと言った方が早い短さだ。

みんな驚くぐらい濃い化粧をしていて、髪はかなり明るい茶髪か、色が抜けきった金髪みたいな色の人もいる。

「お待たせ～彼女新人の明美ちゃん。今日初めてだから、みんなよろしくね～」

「あ、あの……私はなにをすれば……」

「明美ちゃんはお客様の隣でお酒注いで笑ってればいいから。今日はベテランメンバーが揃ってるから、みんなのお仕事ぶりを参考にしてね」

「は、はい」

そう言いくるめられて、気づくと座敷に座らされていた。

喜久川でまれに呼ばれるお座敷コンパニオンや、出岡に数人しかいない年配の温泉芸者たちとは雰囲気が違いすぎる。

「明美ちゃん、可愛いなぁ。オジサン明美ちゃんにだけ特別にお小遣いあげちゃおうかな～？」

酔っているからなのか、露骨に手を払いのけられたことも気にせず、今度は詩子の手を取って握りしめ、グイッと顔を近づけた。

「明美ちゃんの着物、脱がせてみたいな～」

酒臭い息が耳にかかって、ぞわぞわっと総毛立つ。唇がさらにひくつくのが自分でもわかり、我慢の限界が近づいていた。

「明美ちゃん、今夜はお泊まりとかできちゃうのかなぁ？　オジサンのお部屋露天風呂あるんだよ？　一緒に入ろうよ～」

――キモい！　キモすぎる!!

子どもの頃から教え込まれた接客の心得でなんとか我慢をしてきたけれど、もう限界だ。

〝お客様は神様です〟

接客業で良く出てくるフレーズだけれど、子どもの頃はその意味がよくわからず、お金を払ってくれるお客様は神様だから、なんでも言うことを聞かなくてはいけないのだと思っていた。

なんのタイミングだったかは覚えていないけれど、あるとき祖母が従業員たちにこんなことを言った。

「いいかい。お客様は神様じゃなくて人間なんだよ」

よく意味も考えず聞き流していたけれど、今やっと理解した気がする。

人間だからこそわがままも言うし、無理も言うということだ。むしろ神様だったら、こんな勝手なことなど言わないはずだ。

思い返してみれば、喜久川は高級割烹旅館という触れ込みのせいか、それとも一見のお客様が少なかったからかはわからないけれど、お客様にも何かしら肩書きのある人も少なくなかった。

そんな社会的に有名な人たちの中にも無理難題を押しつけてくる人がいたけれど、その時祖母や母はどんな顔をして接客をしていたのだろう。ふとそんなことを思ったときだった。

「ね。明美ちゃん、あとでオジサンの部屋に来てくれるだろ？　明美ちゃんみたいな素人っぽい子好きなんだよね」

詩子がぼんやりしている間にオヤジが詩子の手になにか紙を握らせ、さらにその手をギュッと握りしめた。

「ほら。オジサン結構お金あるんだよ」

ニヤニヤといやらしい笑顔を浮かべ、太い指で手の甲をツツッと撫でた。

お札を握らされたことに気づいた詩子は、慌ててそれをオヤジの手に戻そうとする。これを受け取ったら、さらにしたい放題されそうだ。

「こ、困ります」

「いいのいいの。みんなやってるんだから。ほら」

エロオヤジがそう囁いた瞬間、少し離れたところで一際大きな歓声が上がり、詩子はその声があがった方向を見た。

「ひゅ――――！」

「よ！　マミちゃんいい女！」

「セクシー‼」

いつの間にかミニスカスーツを着たお姉さんたちが着ていたものを脱ぎ捨てて、ビキニの水着姿になっている。しかも騒いでいる男性たちはビキニ姿の女性に近づくと、その胸元に千円札を挟み込んでいく。

明らかに素肌に触れているその手つきに詩子は知らず顔をしかめていた。

「オジサン明美ちゃんが脱いでくれるなら、チップ弾んじゃうな〜。この中じゃキミが一番若いでしょ？　明美ちゃんもミニスカで来れば良かったのに。ああ、見たいなぁ〜明美ちゃんのアンヨ。それとも、別料金で二人きりになったときしか脱いでくれないのかな？」

「はぁ⁉」

——違う。この仕事は絶対違う！

我慢できなくなった詩子は、思わずその場で立ち上がった。

「明美ちゃん？」

「……あ、あたし、お手洗い〜。なんか、ちょっと酔ったみたい〜」

詩子は早口でそう叫ぶと、今にも着物の袂（たもと）にしがみつきそうなオヤジの手を振り払って座敷を逃げ出した。

廊下に出ると、向こう側の角から歩いてくる男性の姿が見えたので、詩子は慌てて身を隠すように女子トイレに逃げ込んだ。顔はわからなかったけれど、スーツを着ていたからこのホテルの従業員かもしれない。

見咎（とが）められなかったかと不安を感じつつ女子トイレの扉をきっちりと閉め、洗面台にもたれかかってホッとため息を漏らした。

おかしいおかしいと思っていたけれど、このコンパニオンは詩子の知っているお座敷コンパニオンの仕事とは違う。

喜久川であんなふうに水着姿になる人がいたら、祖母が絶対に出入りをさせないはずだし、それは他のホテルや旅館でも同じだろう。

そもそも安西はそんなサービスがあるなんて言わなかったし、自分がとても危ない状況であることだけはわかる。とりあえず安西にこのアルバイトは続けられないと伝えよう。

詩子が自分に気合いを入れ、座敷に戻るために女子トイレを出ようとしたときだった。

「明美ちゃーん！　どこに隠れちゃったのかな～？」

廊下で酔っ払ったオヤジが叫んでいる。詩子がなかなか戻ってこないから、探しに来たのかもしれない。

トイレに行くと言ってしまったから、詩子が出てくるまでトイレの外で待つか、下手をしたら中まで入って来られてしまう。

閉鎖的空間であるトイレでエロオヤジと二人きりなんて有り得ない。詩子は自分の想像に思わず身震いした。

「明美ちゃーん？　どこ――？」

時折その声は小さくなるから、廊下を行ったり来たりしているのかもしれない。詩子が外の様子を覗う（うかがう）ために、扉をそっと押したときだった。

「明美ちゃん、みーつけた！」

すぐ側で声がして、思わず悲鳴を上げてしまう。

「きゃ――！」

「やだなぁ。そんなに悲鳴上げて、驚かせちゃった？　ほらほら、座敷に戻ろうよ～」

「あの……っ！　ど、どうぞ先に戻ってください」

　できれば今すぐ安西と話をして、このまま帰りたい。一緒に座敷に行ってしまったら、またこのオヤジの隣に座らされてしまうだろう。

「あ、もしかしてオジサンを部屋に誘うために外に出てきたのかな～？」

「ち、違います！」

　後ずさりをしているというのに、そんなことはお構いなしに詩子の手首を掴(つか)む。

「や……っ！　は、放してください！」

「ほらほら、照れないで。大丈夫だよ～オジサンが色々教えてあげるからね～」

「け、結構です！　ていうか、放してってば！　触んないで！」

　相手がお客様であることも忘れて、詩子が声を荒らげたときだった。

「それぐらいにしたらどうです。彼女、嫌がっているようですよ？」

　なぜか聞き覚えのある声がして、その声の主が詩子に触れていたオヤジの腕を掴みあげる。

「な、なんだよ！　うるせーな！　関係ないヤツが邪魔するんじゃねーよ！」

　エロオヤジの隣に立つ人物の顔に、詩子は目を丸くした。

「り、諒ちゃん⁉」

「シッ！　おまえは黙ってろ」

諒介は詩子にだけ聞こえるように囁くと、詩子を背中に隠すようにエロオヤジとの間に立った。

「お客様、かなり酔っていらっしゃいますね？　ここで騒がれては他のお客様の迷惑になります。どうぞ一度宴会場の方にお戻りいただけませんか」

どうして諒介がこんなところにいるのだろう。しかも見慣れないスーツを着て、まるでこのホテルの従業員であるかのように対応している。

詩子はあっけにとられて、ただ呆然とその背中を見つめることしかできなかった。

「うるせーよー。俺は明美ちゃんとだなぁ……」

「はい、承知しております。ただ彼女は少し気分が悪いようですので、一度フロントで対応させていただきます。お客様をお待たせしてしまうかと思いますので、どうぞ宴会場でお待ちください。確か今日は他にも魅力的で……セクシーな女性がたくさんいらしていたように見受けられましたが」

含みのある後半部分の言葉に、エロオヤジがいやらしい笑いを浮かべた。

「今日はなんでもありだからな。金さえ払えば服だけじゃなく水着も脱ぐらしいぞ」

「そうなんですか。では見逃さないようになさってください」

「ああ」

エロオヤジは口元に卑下た笑いを浮かべると、手近なふすまから宴会場の中へと戻っていった。

どうしてここに諒介がいるのかわからないけれど、とりあえずは助かったらしい。詩子がホッとしたのもつかの間、振り返った諒介は明らかに怒りを含んだ目で詩子を睨めつけた。

「荷物は？」

背筋がひやりとするような怜悧な声に、ドキリとする。

「ひ、控え室にある。でも、この着物借り物だから返さなくちゃ」

言いかけた言葉はさらに冷たく遮られた。

「いいから！　今すぐ手荷物だけもってロビーにこい。着物はあとで送り返すなりなんなりすればいいだろ」

「……う、うん」

有無を言わせない態度の諒介に、詩子は踵を返して荷物を置いた控え室に駆け込んだ。

言われた通り控え室から荷物を抱えてロビーに行くと、諒介は無言のまま顎をしゃくって詩子を外へと促す。

「乗って」

「う、うん」

闇の中に黒のＳＵＶ車がぼんやりと浮かび上がる。詩子は言われるがまま、少し高い車の座席によじ登った。

「シートベルトした？」

「ん」

詩子が頷くと、車は漆黒の闇の中へと滑り出した。

「ね。諒ちゃん、どうしてあそこにいたの？」

車が走り出すなり、詩子はずっと気になっていたことを口にした。

「仕事。あそこのオーナーと親父が知り合いで、代理で食事会に参加してたんだ。つーか、おまえこそなにやってたんだよ。あんなとこで知らないオッサンにベタベタ身体触らせてただろ」

「べ、ベタベタ触らせてないから！　向こうが勝手に触ってきたの！」

とっさにそう返したけれど、手に触れられた感触や顔を近づけられて髪や頬にかかった酒臭い息を思い出すと、鳥肌が立つ。

「あーもーキモっ！　もうさいてーっ！」

油っぽいというか酒臭いというか、とにかく今すぐシャワーを浴びたい気分だ。

「自業自得だ。ガキのくせになんでいきなりピンクコンパニオンなんだよ」

諒介が前を向いてハンドルを握ったまま不機嫌に言った。

「え？　あれピンクコンパニオンっていうの？　そんなこと求人誌に書いてなかったし、社長も言わなかったんだもん」

「他の温泉街のバイトと比べて時給が違っただろうが」

　ふと求人誌の文言を頭の中で思い浮かべる。

　確か〝初心者歓迎〟〝都合のいい時間だけでＯＫ〟〝高給優遇〟〝短期・長期大歓迎〟などなど、魅力的な言葉が並んでいた気がする。

　なにより諒介の言う通り、時給が他の募集に比べて破格だったのも決め手のひとつだった。

「……い、言われてみれば」

　自分がどんな状況だったかもわかるし、いかがわしい仕事だったというのもわかるせいで、つい声が小さくなってしまう。

　なんとなく気まずい雰囲気を誤魔化すように、詩子はなるべく明るく言った。

「でもさ、諒ちゃんが来てくれて良かった〜。もう、あのオッサンしつこくて困ってたんだ！」

　あははは。と冗談めかしてみたものの、諒介に冷たい視線を投げかけられて、再び口を噤（つぐ）むしかなかった。

　これはもう諒介の機嫌が直るまでこちらもだんまりを通すか、謝り倒すしかないかもしれない。詩子がそう考えたときだった。

「おまえさ、あのままあそこにいたら、どうなってたかわかってるのか？」

「え？」

「ピンクコンパニオンって実際なにするのか、知ってるのかって聞いてるんだよ」

「えーと……」

スーツのお姉さんたちは下に水着を着ていて、酔っぱらいたちにベタベタされていたけれど、ああやっていやらしい格好をしたり触らせたりするのがメインなのだろうか。

あのエロオヤジも諒介になにか言われて、いやらしそうな笑いを浮かべていた。具体的にはわからないけれど、かなり際どい性的なサービスをしなければいけなかったと言うことのようだ。

「……なんか色々エッチなこと？」

詩子の曖昧な言葉に諒介は呆れたように大きくため息をつき、大きくハンドルを切ると、車を路肩に停めてしまった。

「り、諒ちゃん……？」

路肩にできた草むらの駐車スペースで、この暗闇では間近まで来ないと車が止まっていることには気づかないだろう。

それに外灯の光も遠すぎて、濃い闇の中で諒介の顔をうっすらとしか見ることができない。時折通り過ぎる車のライトが車内を照らしていくぐらいだ。

「どうしてこんなところに」

詩子がそう言いかけたとき、諒介はエンジンを切り自分のシートベルトを乱暴に外すと、片手でハンドルにもたれかかりながら詩子の顔を見た。

「おまえさ、自分が女だって自覚ある？」

「あ、当たり前じゃん！」

「その割には風呂で入浴中の札を忘れたり、うさんくさいバイトに手を出したりしてるみたいだけど」

「う」

　そう言われてしまうと返す言葉がない。自分が思っているよりも警戒心が薄いのだろうか。でもそれを素直に認めて謝れるほど自分の気持ちに余裕がない。

「ったく、これだから箱入り娘は……」

　しかも完全に子ども扱いされてしまっている。

「も、もう大丈夫だもん。次はちゃんとするから……それに諒ちゃんが助けてくれなくてもなんとかなったし」

　寮生活とはいえ四年も親元を離れて暮らしていたのだし、それなりの警戒心だってもっている。今日はほんの少し失敗してしまっただけだ。

「どの辺が大丈夫なのか、具体的に説明して欲しいんだけど」

　諒介はハンドルの上に片肘をつきながら詩子を睨む。

「……」

　今日の諒介はなんだかイジワルだ。それにいつも以上に年上ぶって詩子を子ども扱いしようとしている気がする。

「な、なんでそんなこと諒ちゃんに説明しないといけないの？　諒ちゃんには関係ないじゃん！」

詩子は苛立ちながら唇を尖らせた。

「あのオッサン、おまえにこんなことしようとしてたんだぞ」

諒介はそう呟くと、素早く身を乗り出して、詩子の上に覆い被さった。

「え⁉」

次の瞬間強い力で肩をシートに押しつけられて、声を漏らすよりも早く唇を塞がれていた。柔らかく濡れた感触に、すぐにそれが諒介の唇だとわかり、詩子は目を見開く。

「んぅ……んんっ！」

頭を振って抵抗したけれど、逆に顎を掴まれてさらに深く口づけられてしまう。引き結んでいた唇を熱く濡れた舌でなぞられて、背筋に今まで感じたことのないビリリとした電流のようなものが走る。

息苦しさに唇を緩めると、溶けてしまいそうなほどの熱を持った舌が、口腔を乱暴に犯し始めた。

「は……っ、んぅ……っ……」

ヌルヌルと粘膜同士が擦れ合う刺激に、怖いはずなのに身体の奥の方が熱くなる。男性と付き合ったこともなく、ましてや初めてのキスにそれがどういう感覚なのか詩子にはよくわからなかった。

ただわかるのは触れあっている場所は唇や舌なのに、背中の方がゾクゾクとして身体から力が抜けていくのだ。

諒介は最初の乱暴さとは逆に厚みのある舌で丁寧に詩子の口腔を舐め回し、勝手に溢れてくる滴と怯えて縮こまった舌を吸い上げる。

内頬を撫でる舌のざらりとした刺激に、詩子が身体をビクビクと震わせると、さらに口づけが深くなった。

「ん、んん……ぅ」

まるで恋人同士がするような淫らなキスに、震えが全身に広がっていく。

いつの間にか諒介のキスを受け入れてしまっている自分が恥ずかしくて、それを誤魔化すように足をばたつかせる。

すると詩子の肩を押さえつけていた手が胸元を撫でて、そのまま少しはだけた着物の前裾を捲り上げてしまった。

「や……っ、諒ちゃ……」

素肌に触れた諒介の手の熱さに、詩子の身体がシートの上で大きく跳ねた。少し乱暴なキスに強引な手つき。これは詩子の知っている諒介ではない。

「……大人しくしてろ」

重なり合った唇の隙間から囁きが漏れ、再びキスで口を塞がれた。

熱い手のひらが膝頭、内股と順番に触れていく感触に、ただ足を撫でられているだけなのに、下肢の中心が疼(うず)いてキュンと痺(しび)れてくる。

自分の意思とは関係なくズクズクと痺れが大きくなっていき、身体の中からなにかが滲(にじ)み出てくるのを感じた。

「は……ぁっ」

自分の口から漏れた、鼻から抜けるような甘ったるい吐息に目を見開く。すぐ目の前に諒介の顔があって、その瞳には詩子の反応を見つめて楽しんでいるような色が浮かんでいた。

「や……」

何度も太股を撫で回していた手がさらにその奥に進み始めるのを感じて、詩子は自分がどんな状況にいるのか思い出し、力の入らない腕で諒介の胸を押し返した。

「いや……っ」

自分の意思と関係なく身体に触れることを許していたことに気づき、急に怖くなる。最初は怖いと思って抵抗していたはずなのに、いつの間にか諒介の好きなようにさせてしまっていた。

これでは諒介に警戒心がないと叱られても言い返すことなどできない。すっかりその気にさせられてしまった悔しさを誤魔化すように闇雲に腕を振り回すと、押さえつけていた力から解放され身体が自由になった。

「……ふ……っく……っ」

解放された安堵からなのか、涙がぽろぽろ零れる。ハンカチを探すという考えも思い浮かばず、詩子は襦袢の袖で涙を拭った。

「自分がどういうことをしてたかわかったか？　あのオッサンだったらおまえがやめてって言ってもやめてくれないぞ」

詩子が小刻みに小さく頷くと、大きな手が宥めるように頭をぐしゃぐしゃっと撫でた。

「……怖かった？」

そう囁いた声はいつもより甘い。

「詩子？」

そんなに優しく名前を呼ばないで欲しい。諒介にとって自分は妹のような存在で、今のキスだって、無鉄砲で危なっかしい詩子にお仕置きをしただけなのに。

そうわかっているのに、もう一度大きな手に抱きしめられて、今度は広い胸に顔を埋めたい。怖くなんてないから、もっと優しくキスをして欲しいと思っている自分がいる。

でもそんなことを口にすることはできなくて、詩子は必死でいつもの悪態を口にした。

「ばかぁ……っ！　変態！　エッチ！　諒ちゃんなんて嫌い！」

「はいはい」

詩子の悪態には昔から慣れっこの諒介は、まだ泣きじゃくっている詩子の手にティッシュの箱を押しつける。

「ほら」

「ん」

涙を拭いて鼻をかむと少し冷静になってくる。すると、諒介にキスをされて泣いた自分が急に恥ずかしくなってきた。

子どものときは詩子から諒介の頬にキスをしたことはある。でもあれはキスと言うよりチュウという子どもっぽい表現がぴったりだ。

でもさっきのはちゃんとした大人のキスで、詩子が想像していたキスよりもエロティックで身体と心の中が諒介でいっぱいになった。

諒介は誰にでも簡単にあんなキスをするのだろうか。詩子が探るように諒介を見ると、視線に気づいたのか優しく唇を歪(ゆが)めた。

「落ち着いた？」

「う、うん」

詩子がこっくりと頷くと、諒介は再び車を発進させた。

きっと諒介は詩子ほど、今のキスを特別なものだと思っていないのだ。少しがっかりしてしまう自分と、諒介は本気で強引なことはしないとホッとしている自分がいた。

「これからはもう少し警戒心を持つこと」

「だって……ホントにそんな仕事だなんて思わなかったんだもん」

小さな声でいいわけすると、諒介は呆れたようにため息をついた。

「おまえが通ってたのってお嬢様女子大で、しかも付属の寮に入ってたんだろ？　どうせ門限も厳しくて、ろくに男と付き合ったこともないんだろ」

「で、でも別に私はお嬢様じゃないもん。おばあちゃんが結婚するときに聞こえがいいから行けって。他の大学だったら学費出さないって言うし」

詩子は当時の祖母の言葉を思い出して、頬をぷうっと膨らませた。まだ充樹は生まれたばかりだったのに、あの頃からもう詩子を追い出すつもりでいたのかもしれない。

「なんだかんだ言っても世間知らずなんだから、大人しく出岡でバイト探せばよかったんだよ。地元ならたいてい喜久川を知ってるんだから、そこの娘である詩子に下手なことなんてしないだろ」

「それがイヤだからわざわざ隣の温泉街にしたんだよ。出岡にいたら、どこに行っても喜久川の詩ちゃんでしょ。でも実際は喜久川の跡継ぎでもなんでもないし、ちゃんと一人でやっていけるようにしないと」

「ふーん。ふわふわしてるだけかと思ったけど、ちゃんと考えてるんだ。まあ俺としてはもう少し男に警戒心をもってほしいけど」

「なに、それ」

「別に。それよりそんなにバイトしたいなら、うちでバイトするか？」

「へ？」

「館内清掃とかルームメイクだけど、うちの新館は基本人手不足だからさ。それにおまえ、危なっかしくて野放しにしておいたら、俺の心臓が持たない」

「……」

諒介の突然の提案に思わず考え込んでしまう。

またアルバイト探しをして危険な目に遭うのはこりごりだし、お隣さんなら通勤も歩いて行けるから楽だ。それに今だけでも諒介の側にいたいなんて甘いことを考えてしまう。

考え込んでいるうちに、諒介の車が喜久川のお客様用の駐車場に停まった。前庭とは生け垣で隔てられているけれど、ぼんやりと入り口の明かりがみえる場所で、詩子もここに自分の車を停めることが多い。

「あ！」

自分の車のことをすっかり忘れていた詩子は大きな声を上げてしまう。

「諒ちゃん！　私の車、さっきの事務所の前に置きっぱなし！　悪いけど、そこまで送ってくれる？」

「おまえ飲んでんじゃねーの？」

「え？　あんなの飲んだうちに入らないよ。グラスに口つけて飲んだふりはしたけど、すぐにテーブルに戻してたもん」

「じゃあ運転はダーメ」

諒介に睨まれて、詩子は不満の声を上げた。

「えー！　大丈夫だよ。飲んでないってば」

「口はつけたんだろ？　だったら飲酒運転なの。車の鍵とそこの住所よこせ。戻ったらうちの若いヤツに頼んで運んでやるから」

「……」

二十歳の誕生日に祖母の言葉を聞いたとき、もう誰かに自分の生活や人生を仕切られるのはイヤだと思っていたのに、さっきから諒介に主導権を握られて、仕切られっぱなしだ。

いつもの詩子なら反抗するところだが、今日のところは助けてもらった手前文句は言えず、大人しく求人誌の切り抜きと車のキーをバッグの中からとりだした。

「……よろしくお願いします」

「車はおまえんちの駐車場に停めとくから、明日の朝うちのフロントに来い」

「あ、鍵？」

確かにこの田舎では車がなければ身動きがとれなくなってしまう。

「そう。あとバイト、明日から来いよ。その代わり掃除とか雑用だぞ」

「えっ⁉　本気なの？」

「もちろん。ああ、一応蓮子さんに許可とった方がいいな」

「い、いらないよ。おばあちゃん、私には関わらないって言ったもん」

「俺に任せとけって。明日の朝、挨拶に行くって蓮子さんに伝えて。俺から話すから」

「そんなの必要ないのに……」

「いいから兄貴の言うことは聞いとけって。車の鍵も俺がその時持ってきてやるわ」

大きな手が詩子の頭をワシワシッと撫でた。

「……」

諒介の手のひらの暖かさに、なんだか子どもの頃に戻ったみたいな気持ちになる。昔もこうやってなにくれとなく詩子の面倒を見てくれたのだ。

諒介にとって詩子は今も昔と変わらず、手のかかる妹なのだろうか。諒介に甘やかされるのは嫌いではない。でも、さっき少し乱暴に身体に触れられたとき感じた熱とは違う優しさが、なぜか今はもどかしい。

ふとほんの少し前のキスの記憶がよみがえってきて、詩子は頬が熱くなるのを感じた。

「か、帰る……」

勢いとはいえキスをしてしまったことが照れくさくて、諒介の顔を見ることができない。

「おう。じゃあな」

「……ありがと」

早口でそう呟いて、詩子が車から降りたときだった。

「お嬢⁉」

暗闇から声がして、そこから悟が高下駄を鳴らしながら駆け寄ってきた。

「悟さん？　どうしたの、こんな時間に」

「若女将がお嬢の帰りがいつもより遅いって心配されていて、俺が様子を見に来たんです。車はどうしたんですか？　というか、なんで着物で帰ってくるんです？」

「あ。ちょっとだけお酒飲んじゃったから、送ってもらったの。車はあとで届けてもらうから大丈夫だよ」

「誰です？　まさか知らない男に送ってもらったんじゃ」

　警戒しながら運転席を覗き込む悟に、詩子は安心させるように言った。

「あ、諒ちゃんなの」

「え？　海扇館の諒介さんですか？」

　そう説明している間に、諒介が車から降りてきた。

「悟さん、ご無沙汰してます」

　子どもの頃から喜久川に出入りしている諒介も悟のことは知っている。とは言っても、悟が喜久川に来たころ、諒介はすでに高校生になっていたから、顔見知りという程度だろう。

「諒介さん。お久しぶりです。出岡に戻られていたんですね。いつまでこちらにいらっしゃるんですか」

「諒ちゃん、もうずっと出岡にいるんだって」

　詩子の言葉に、悟は意志の強そうなすっきりとした眉を少し上げた。

「じゃあ、海扇館を継がれるんですか」

「まあ、そういうことになりますね」

　悟の言葉に頷くのを見て、詩子は急に諒介のことがうらやましくなった。

諒介も詩子と同じで、子どもの頃から海扇館の跡取りとして育てられたのだ。同じ目標を持っていた身近な人だったはずなのに、今はすっかり明暗が分かれてしまっている。

「これからはよく顔を合わせると思うんで、お隣のよしみでよろしくお願いします」

諒介が礼儀正しく頭を下げる。見慣れないスーツ姿のせいか、今日は諒介の色々な顔を見たような気がする。

さっきキスをされたときも、なんだか知らない男の人に見えたけれど、今はそれとも違う大人の世界の顔をしていて、詩子はなんだかその姿が妬ましくなった。

「……こちらこそよろしくお願いします」

悟は硬い表情で一言そう返すと、詩子との視界を遮るように諒介に背を向けた。

「さあさあ、お嬢は家の中に入ってください」

「あ、うん。諒ちゃん、送ってくれてありがと」

詩子がそう言い終わるか終わらないうちに、悟がその背中を押して母屋へと促そうとする。

「お嬢。女の子がこんな時間まで出歩いちゃダメじゃないですか。さ、早く入って若女将を安心させてあげてください」

「もぉ……大袈裟(おおげさ)だなぁ、悟さんは」

「お嬢は嫁入り前なんですから、大袈裟なぐらいがいいんですよ。諒介さんも諒介さんですよ。こんなに遅くまでお嬢を連れ回すなんて」

諒介を責めるような言葉を口にしながら、詩子の背中をグイグイと押す。いつもの悟らしくない強引な仕草に、そんなに心配をさせたのだろうかともうしわけない気持ちになる。でも諒介は悪くないのに、これでは悪者になってしまう。

「悟さん、違うの。諒ちゃんは……」

詩子がそう言いかけたときだった。

「詩子。また明日な！」

追いかけるように諒介の声がして、振り返ると闇の中で白い手がヒラヒラと揺れるのがみえた。

「あ、うん。明日」

そう言ったときには、悟の身体と生け垣で諒介の姿は見えなくなっていた。

「明日も諒介さんとどこかに行くんですか？」

悟の声はなぜか咎めるようだ。

「ううん、違うの。諒ちゃんが私のことでわざわざおばあちゃんに挨拶したいって言うからさ」

「ええっ⁉」

いつも冷静な悟が突然おかしな声をあげた。

「お、お嬢！　挨拶って……けけけけ、結婚ですか⁉」

「……は？」

悟の驚く理由がわからず一瞬固まる。それから、その誤解に気づき詩子は弾けるように笑い出した。

「や、やだぁ……違うよ。私、諒ちゃんのところでバイトすることになったの。私はいいって言ったのに、諒ちゃんがおばあちゃんに挨拶するって言うからさ」

詩子の言葉に、悟の顔に安堵の色が浮かぶ。

「なんでそんな誤解したの？」

その変わりようがおもしろくてクスクス笑いが止まらない。

「いや、それは……」

悟は頭を掻きながら口ごもる。さっきまでの強引さは消えて、いつものちょっと不器用そうな悟だった。

さっきまであんなに強引だったのはなぜだろう。それになんだか諒介に対して冷たかった気がするけれど、気のせいだろうか。

「お嬢、念のためにうかがいますけど諒介さんになにもされてないですよね？」

「えっ⁉　ななな、なに言ってるの⁉」

さっきのキスを悟に見られているはずがない。誰もいない暗闇でのキスだったのだから。そうわかっているのにドキドキしてしまう。

詩子は無意識に唇に手を伸ばしかけて、慌ててその手を引っ込めた。

どうして諒介はあんなキスをしたのだろう。あまりにも迂闊な詩子に反省を促すためだったとしても、幼なじみにキスなんてするだろうか。

詩子の知っている範囲で諒介と今も親しい幼なじみは保や光一だが、あの二人は男だから キスするしない以前に論外だし、女性の幼なじみなんて自分以外に思い当たらないから誰かと比べようがない。

わかるのは子どもの頃の〝チュウ〟とは違うということぐらいだ。

そう考えただけで唇が熱くなったような気がして、身体の奥の方がザワザワとして落ち着かない。

唇に触れて諒介の感触を思い出したい気もしたけれど、悟が心配そうに詩子の顔を覗き込んでくるから、誤魔化すように笑顔を浮かべた。

「な、ないないない！　私と諒ちゃんだよ？」

妙に上擦った声に、悟の表情がさらに険しくなる。

「お嬢？」

「それに悟さん誤解してるよ。今日は私がアルバイトのことでちょっと迷惑かけちゃって、諒ちゃんがわざわざ送ってくれたの。だから遅くなったのは諒ちゃんのせいじゃないからね」

悟はまだ納得していない顔だったけれど、それ以上は問い詰めてこなかったから、詩子はホッとして母屋に足を向けた。

4　女将のお気に入り？

白いTシャツに黒いエプロン。先輩の後ろについて、掃除道具と交換用のリネン類が入ったカートを押して廊下を歩く。

「詩子ちゃん、このフロア全室お客様チェックアウトOKだって」

「はーい」

詩子は元気に返事をすると、片っ端から部屋の窓を開けて、ベッドのリネン類を引きはがしていく。その間にベテランのパートさんたちがバスルームなどを丁寧に磨き上げる。

見習い期間中の詩子はリネンをクリーニング用のワゴンで回収したり、新しいリネンを各部屋に配ったりする簡単な仕事を任されていた。

もちろん他にも掃除の仕方やベッドメイクの仕方なども少しずつ教えてもらっているけれど、ルームメイクの仕事はひとつひとつにコツがあって、中々奥深い。喜久川には洋室がないから、そういう意味でも色々と勉強になった。

ルームメイクと平行して行われるのが風呂掃除で、新館には喜久川よりも大きな大浴場やいくつかの露天風呂がある。

子どもの頃から風呂掃除をさせられていた詩子にとっては慣れたもので、これだけは先輩たちに手際がいいと絶賛されて、すぐに家族風呂などの掃除を一人で任されるようになった。

家でやっていたことと同じことをしているだけなのにお給料をもらって褒められるのは、不思議な感じだ。

詩子が子どもの頃からの慣れた手つきでデッキブラシを扱い、露天風呂の床をゴシゴシと擦っていると、先輩パートの柳原（やなぎはら）が顔を覗（のぞ）かせた。

柳原は母と同じぐらいの年齢で、生まれも育ちも出岡だが、結婚して一度地元を離れた後、離婚をしてまた出岡に戻ってきたのだという。

主に海扇館の新館で館内清掃を担当していて、詩子は毎日リネンの回収が終わると柳原について館内の掃除をして回っていた。

「詩子ちゃん、ここ任せちゃって大丈夫？」

浴室の桶（おけ）やイスを洗っていた柳原が言った。

「大丈夫です！　あと床を流すだけなんで」

「じゃあ先に男湯始めとくから」

「はーい」

詩子は大きな声で返事を返すと、再び石が敷き詰められた床をモップで力強く擦り始めた。

出岡の泉質は強いアルカリ性で、お湯に浸かるだけで素肌がすべすべになる美肌効果がある分、床がぬるつきやすくなる。

特に室内風呂から露天に移動する床は中と外気の温度差を感じるせいか足早に歩く人が多く、事故防止のために毎日丁寧に掃除をしなければいけない。

掃除のときは真水で洗い流してなるべくぬめり感が出ないようにするのがコツで、これは喜久川と一緒だった。

「うん、いいんじゃない？」

あとはホースで真水を引っ張ってきて床を洗い流せば終了だ。掃除の仕上がりに詩子が独りごちたときだった。

人の気配に柳原が戻ってきたのかと視線を向けると、ワイシャツとネクタイ姿の諒介が露天風呂の入り口に立っていた。

「諒ちゃ……じゃなくて、支配人！」

いつものように呼びかけてしまいそうになり慌てて言い直す。

最初の日に、いくら幼なじみでも他の従業員に示しがつかないから、仕事中は注意するように言われていたのだ。

「ばか。二人のときはいいよ」

諒介は少し口角を上げると、裸足で露天風呂に出てくる。

「うちに来て一週間だけどどうだ？　困ってることとかないのか」

「諒ちゃんは心配性だな〜。みんな親切だし、私だってもう大人なんだから、ちょっとぐらいのトラブルなら自分でなんとかできるよ」

「そうだけど。一応心配してるんだから、そこは〝諒ちゃん、心配してくれてありがとう〟とかじゃねえの？」

「……言ってみようか？」

諒介は一瞬考え込み、それから小さくため息をつきながら首を横に振った。

「やっぱいい。想像したらなんか白けた」

「うわ〜自分で言ったくせに！」

「考えてみれば、おまえ男にカワイイこと言うタイプじゃないじゃん」

「そんなことないもん！　私だってちゃんと彼氏が相手なら、それなりにカワイイこと言えるんだから！」

そう叫んでみたものの、実際に彼氏がいたことがないからよくわからない。

「……た、たぶん」

嘘のつけない性格の自分がもどかしい。つい付け足した一言に、諒介が勝ち誇ったような顔になる。

「やっぱりな。どうせ男とろくに付き合ったことないだろ。男心とかに鈍感そうだし」

的を射た言葉についカッとして、詩子は威嚇するように手にしていたデッキブラシを振り上げた。

「もう、うるさいな！　あっち行って……あっ！」

足場が悪いとわかっていたのに、床のぬめりに足を取られその場でバランスを崩してしまう。

「きゃ……っ！」

「うわ！」

尻餅をつくように後ろに倒れていく自分と、手から離れていくデッキブラシ。そして少し先で諒介が慌てた顔でこちらに手を伸ばす姿が、スローモーションの映像のように見える。

次の瞬間、詩子は背中から露天風呂に落ちていた。頭から湯をかぶったせいで口や鼻の中まで湯が入り込んで息ができない。

手足をばたつかせてもがいていると、力強い腕がその身体を湯の中から抱き上げてくれる。

「……っはぁ……ゴホ……ッ！」

ゴホゴホと咳(せ)き込みながら助け上げてくれた身体にしがみつく。

「大丈夫か？」

ギュッと強く抱きしめられ、濡(ぬ)れたシャツ一枚で身体を寄せ合っているせいか、お互いの体温が間近に感じられて、まるで裸で抱き合っているような錯覚を起こしてしまいそうだ。

「詩？」

名前を呼ばれて、諒介の腕の中でビクリと身体を震わせてしまう。

「……だ、大丈夫だから……お、降ろして……」

湯の中に落ちて溺れかかった詩子を諒介が助けてくれたのは感謝するけれど、こんな裸で抱き合っているような格好は心臓に悪い。

「ったく。滑るってわかってるだろうが。風呂で溺れそうになるヤツなんて初めて見たぞ」

諒介は笑いながら詩子を床に降ろしてくれたけれど、恥ずかしくて諒介の顔を見ることができない。

「あ、ありがと……」

なんとかお礼を言うと、諒介は露天風呂から室内に戻り、お客様のために備え付けてあるバスタオルを手に戻ってきた。

「ほら」

下を向いていた詩子の頭に大きなバスタオルをかぶせる。

「おまえ、とりあえずすぐに着替えてこいよ」

「でも、ここの片付け残ってるし、お風呂掃除だからどうせ濡れるもん」

「いいから着替えてこい。おまえ、今日の下着ピンクだろ？」

「は⁉」

一瞬頭の中が真っ白になり、それから自分の身体を見下ろして悲鳴を上げた。

白いTシャツが水に濡れて素肌に張り付いたせいで、下着の形や色までもくっきりと浮かび上がっている。

「騒ぐなって。下着なんて水着と一緒だろ。この前もっとすごいの見せてもらったし」

露天風呂で素っ裸を見られたことを思い出して、詩子は悲鳴を上げた。

「わあああああ！　諒ちゃんのエッチ！」

「そのぐらいで騒ぐなんて、おまえホントに男と付き合ったことないの？」

「ばっかじゃないの！　変態！」

「つうか、そんなに騒ぐなら最初から白いTシャツにピンクの下着なんか着けるなよ。いい加減そういうの学習しろって。無防備すぎるんだよ。俺以外の男がいやらしい目で見るかもしれないだろ」

まるで諒介が見る分には問題ないとでも言うように聞こえる。

「あー俺までびしょ濡れじゃん。この前もそうだけど、おまえ俺になんか恨みでもあるのか」

確かにワイシャツもびっしょりと濡れ、諒介の身体にぴったりと張りついてしまっている。大人になってから諒介の裸を見たことはないけれど、ワイシャツから透けて見える肌の色やくっきりとした身体の形は妙に生々しく見えた。

「りょ、諒ちゃんこそ着替えた方がいいと思うけど」

詩子が恥ずかしくなって目をそらしたときだった。

「どうしたの？　大騒ぎして。男湯まで聞こえてるわよ」

　隣の男湯の掃除をしていた柳原が騒ぎを聞きつけて戻ってきた。

「あら、支配人。お疲れ様です。どうしたんです？　二人ともびしょ濡れじゃないですか」

「柳原さん、ご苦労様です。コイツ、足を滑らせて露天風呂に落ちたんですよ。どうせ柳原さんの足を引っ張ってるんでしょ」

　諒介の決めつけた言い方に、詩子は思わず脇腹をパンチする。

「痛っ‼」

「諒ちゃんホントムカつく。ちゃんと仕事してるってば！」

「そうそう。詩ちゃん、頑張ってるわよ～。喜久川のお嬢さんだって聞いたときはどうなることかと思ったけど、やっぱり客商売の家の子はしっかりしてるよ」

「へえ。役に立ってるんだ？」

　からかわれているとわかっているのに、ついかわいくない受け答えをしてしまう。

「ホント失礼なんだけど！　そもそも諒ちゃんが邪魔しに来なかったらこんなことにならなかったんだから。だいたいここになにしに来たのよ！」

「ああ、そうだった」

　諒介は思い出したように柳原の方に向き直った。

「柳原さん、ちょっとコイツ借りてもいいですか？」

　そういいながら、バスタオルごと詩子の頭をぐしゃぐしゃっと撫でる。

「なに？」

詩子が首を傾げると、諒介が心底面倒くさそうに肩を竦めた。

「うちの母親にバレた」

「……なにが？」

「詩子が新館で働いてることだよ」

「え……もしかしておばさまに内緒だったの？　初日におじさまに挨拶したときになにも言われなかったから、当然おばさまも了承してくれてると思ったのに」

諒介の母親、百合子は本館の女将で、新館に顔を出すことはほとんどない。新館は諒介の父、正勝が取り仕切っていて、諒介が帰国したことで支配人の座は諒介に譲り、自分は経営に専念することにしたと聞いている。

百合子は蓮子に似たところがあり、旅館の伝統を愛していて、堂々と新館のリゾートホテルには愛着がないと公言してしまう、経営者の妻としてはちょっと変わり者だ。

しかも詩子の母よりも年上で五十の坂を上り始めているのに、三十歳目前の息子がいるとは思えないほど若く、見た目は三十代といういわゆる美魔女だった。

百合子の美しさと若さに惚れ込んでしまうお客様も多く、いつも若い男性客から年配者まで、幅広い男性の視線を釘付けにしてしまうほどの美貌だ。

「逆だよ、逆。あの人昔からおまえのことお気に入りだから、本館じゃなく新館のバイトに入れたこと怒ってるんだ。詩子を連れてこないと家出するって、親父に向かってごねまくってる」

「え〜」

「このままじゃ埒が明かないから、顔見せてやってくれる？」

「私はいいけど……」

詩子はちらりと柳原を見た。

「いいわよ。向こうも他の子が来てくれてるし、ここはもう終わりなんでしょ？」

「あとは真水で流すだけです」

「はいはい。あとは私がやっとくから」

心得たとばかりに頷く柳原に、諒介が詩子より先に頭を下げた。

「本当にすみません」

「いいのよ。支配人も帰国早々大変ね」

逆に同情するように声をかけられて、諒介は苦笑いを浮かべた。

海扇館の本館は、今は懐かしい大正モダンを楽しむことができるレトロな旅館だ。改装や建て増しをしているけれど、古さで言えば喜久川と大差ない。

本館と新館は庭を横断する渡り廊下でつながっていて、詩子と諒介はずぶ濡れのままタオルをかぶってその廊下を急いでいた。

詩子は更衣室へ着替えに戻りたかったけれど、諒介がこれ以上待たせたらもっと機嫌が悪くなるからとせき立てたのだ。

「もう！　さっきは着替えろって言ったくせに。それにもっと早くおばさまに話を通しておいてくれればこんなことにならなかったでしょ」

そう言いながらタオルでガシガシと頭を拭く。

「悪かったって。でもさ、詩子を新館で働かせるって言ったらごねると思ってさ。俺もこっちに戻ったばかりでやること多いし、週末に東京から人が来ることになってるからその準備もあるし、あの人の相手までしてられないんだよ」

「だからってさぁ……」

「頼むよ。適当に話を合わせて、怒らせないでくれればいいからさ」

「もう……あとでなんか奢(おご)ってよ？」

「はいはい」

諒介が心得顔で頷き契約が成立したところで、二人は本館の帳場の前で立ち止まった。

フロントのすぐ横から帳場に入れるようになっていて、詩子は御所車と藤の花を染め抜いた藍染めののれんを押して、顔だけを中に差し入れた。

「……失礼しまーす。詩子です。おば……百合子さん、いらっしゃいますか？」

おばさま、と言いかけて慌てて言い直す。百合子は〝おばさま〟と呼ぶと怒るのだ。

すると、帳場の奥の机に座っていた着物姿の女性が、パッと顔を輝かせて立ち上がり駆け寄ってきた。

「詩ちゃーん！」

勢いよく抱きつかれたかと思うと、諒介の母、百合子は悲鳴を上げた。

「きゃあ！　二人ともびしょ濡れじゃないの！」

詩子に続いて入ってきた諒介を見て目を丸くする。

「あ、ごめんなさい。今お風呂掃除してて……」

「まあ！　そんなことさせられてるの⁉　かわいそうにっ」

そう言いながら自分の着物が濡れるのも気にせず詩子を抱きしめる。

百合子は感情表現が豊かというか、ひとつひとつのリアクションが普通の人に比べると大きい。

詩子は別に気にしないけれど、実の息子の諒介はこのグイグイ来る感じが苦手で、子どもの頃からよく詩子を母親の盾にしたものだった。

百合子は諒介が生まれたあとに女の子を望んでいたそうだが、子どもは諒介しか恵まれなかったため、いつも諒介について歩く詩子を実の娘のように可愛がってくれた。

「詩ちゃん、聞いてちょうだい！　正勝さんも諒介もひどいのよ。詩ちゃんが新館で働いてること、一週間も内緒にしてたの！」

百合子はぷうっと頰をふくらませた。どこか少女のようにふわふわした百合子に対して、正勝は一見古い旅館のぼんぼん風というおっとりとした容姿でバリバリの経営手腕を振るうという、絶妙にバランスのとれた夫婦だ。

経営のことはよくわからないけれど、詩子はこの一週間の諒介の仕事ぶりを垣間見て、彼は父親似なのだと感じていた。

支配人として戻ってきてまだ一ヶ月に満たないのに、すでに従業員との信頼関係がある。新館は客室の数も多く、一日の宿泊客もかなりの人数になる。つまり詩子のように館内清掃を担当するスタッフの人数も多くなるけれど、諒介はこの短期間でパートを含む従業員の名前をすべて把握していて、毎日館内を回って声をかけていた。

少し年配の従業員たちもそんな諒介には一目置いているようで、館内の人間関係もうまくいっているように見える。

その従業員に強い支持を受けているはずの諒介が、ウンザリしたように言った。

「だからそれはさっきも説明しただろ。詩が変なアルバイトに引っかかりそうになってたから、新館のバイト紹介したんだって。それにルームメイクとか館内清掃は慢性的な人手不足だからちょうど良かったし」

「ちょうどいいって、それは諒介の都合でしょ。詩ちゃんは生粋の旅館育ちなんだから、まず本館に声をかけるのが筋ってものでしょう？」

百合子の話より諒介の言葉の方が筋は通っているけれど、ここは諒介に頼まれた通り、さりげなく百合子を宥めた方がいい。

「百合子さん、ご挨拶が遅くなってごめんなさい。あの、ほら、従業員の方の中には私が喜久川の娘だからって気にする人がいるかもしれないから、諒ちゃんにはなるべく目立たない裏方の仕事を紹介してもらったんです。それに、うちは洋室ってないからベッドメイクとか勉強になるし。あ、あと露天風呂の掃除。これは喜久川でもやってたから先輩たちにも褒められました！」

詩子の必死のフォローを百合子は黙って聞いていたけれど、やはり納得がいかないのか、厳しい目を二人に向けた。

「詩ちゃんの言い分はわかりました。でもね、やっぱりこれじゃいけないと思うの」

百合子はそう言いながら、姿勢を正し背筋をピンと伸ばす。

「二人とも、良く聞いてちょうだい。詩ちゃんは今日から本館で預かります。文句は受け付けませんよ」

「百合子さん⁉」

「母さん！」

突然女将の口調で言い切った百合子に詩子は驚きの、諒介は抗議の声を上げた。

「仕事のときは女将と呼びなさいって言ってるでしょう。あ、詩ちゃんはいいのよ。今まで通り百合子さんって呼んでね。あ、別にお母さんでもいいのよ」

「は？」

「おほほほ～」

「女将！　余計なこと言わないでくださいっ！」

今なにかおかしなことを聞いた気がするけれど、聞かなかったことにしよう。昔から百合子は詩子を養女にしたいと公言してはばからない人なのだ。

「なによ~そんな言い方するなら、もう詩ちゃんは返しませんからね。私の許可なく勝手に連れ出したらダメよ。さ、行きましょ。詩ちゃん。まずは着替えしなくちゃね~風邪ひいちゃうわ」

そう言うと、諒介のことは無視して、優しく詩子の肩を抱いた。

「私の部屋にいらっしゃいな。詩ちゃんに似合うお着物がいっぱいあるのよ」

「はあ」

これは一応誤魔化せたということだろうか。でもこのままでは自分の持ち場を放り出してしまうことになるけれど、いいのだろうか。

振り返って視線だけ諒介に向けると、彼もその意図に気づいたのかコクリと頷いて見せた。

「ささ、行きましょ~あ、諒介。ちょうどいいからそののれん、帳場にある夏用の麻ののれんに交換しておいてくれる？　頼んだわよ~ささ、詩ちゃんはこっちよ~」

諒介に向かってぞんざいに頼むと、百合子は今度こそ諒介を置いて帳場を離れてしまった。

百合子が用意してくれたのは本館の授業員が来ている着物ではなく、百合子自身の私物であろうアンティークの着物たちだった。

本館のイメージと同じレトロ&モダンなデザインで独特の色づかいの着物が畳の上にずらりと並べられる。百合子は一枚一枚畳紙を開いて、詩子の目の前に並べていく。

「わぁ……っ。カワイイ！」

「でしょ～着物は手入れをきちんとすれば親子何代にも渡って着ることができるの」

「あ、そういえば私の成人式の着物もおばあちゃんが若い頃の振り袖だって」

「そうそう。蓮子さんところはお蔵もあるし、いいものもたくさん残ってるわよね」

その言葉に、母屋の庭にある白壁の大きな蔵を思い出した。

昔からの古い什器類に開業当時からの従業員との雇用契約書、床の間の掛け物や着物などいわゆる先祖代々と言われるものがたくさん保存されているらしい。

「うちの着物にもお義母様が残してくださったものがあるけれど、ここにあるのはほとんど私が買い集めたアンティークなのよ。この旅館のイメージにぴったりでしょう？」

「はい。とってもカワイイです！」

「ただもう私にはちょっと派手すぎるから、どうしようかと思ってたのよ。これからはどんどん詩ちゃんが着てくれたら嬉しいわ。そうね～詩ちゃんなら着物はこの柄で、帯は……せっかくだから現代風の柄にしてみましょうか」

百合子が抜き出してくれたのはシックな赤紫色をした正絹の袷で、ピンクや紅白で幾何学模様が描かれたモダンなデザインだ。帯は半幅で白、薄いグレー、濃いグレーの三色がスクエアで色分けされている、浴衣にも合わせられそうな柄だった。

「襦袢（じゅばん）はこれね」

「カワイイ〜！」

半襟が白いレースになっていて、着物の襟から覗かせるとさらにお洒落（しゃれ）にみえる。

「詩ちゃんは若いから帯は大きく作った方が素敵よ〜」

そう言いながら半幅帯で大きくリボン結びを作って、形を整えてくれた。差し出されたフリルたっぷりの白いロングエプロンを着ければ、昔の写真で見たカフェの女給さんのようだ。

「きゃ〜！　カワイイ〜!!　詩ちゃんは小柄だからアンティークの着物がぴったりだと思ったのよ」

百合子は着物を着て立っている詩子を見上げながら満足そうに微笑んだ。

「どうして小柄だといいんですか？」

「昔の人は今よりも平均身長が低かったでしょう。今時の背の高い女の子だと、アンティーク着物はどうしても着丈が足りなくなってしまうのよね。やっぱり女の子はいいわね〜諒介じゃこんなことできないもの」

ウキウキした様子の百合子はすっかり機嫌を直したようで、詩子はホッと胸を撫で下ろした。

「さ、それじゃあ本館の中を案内するわね〜。詩ちゃんは今日から私の補佐、ん〜アシスタントね」

どうやら百合子の相手は着せ替え人形になることだけではないらしい。突然仕事を抜けてきてしまって、柳原に迷惑をかけていないだろうか。

諒介がうまくフォローしてくれるはずだと言い聞かせて、詩子は弾むような足取りの百合子についていくしかなかった。

5　本気のキス

詩子が百合子から解放されたのは、夕方もずいぶん遅くなってからだった。

あのあと百合子と一緒にお客様のお出迎えをさせられて、お部屋への挨拶にも一緒に連れて行かれたのだ。

「まあ、可愛らしい。女将のお嬢さん？　にしては大きいかしら」

年配のご夫婦の部屋に挨拶に伺うと、奥様と思われる女性が敷居際に控えている詩子を見てそう口にした。

「ええ、娘同然に可愛がっているんですの。実の息子の方はもうすぐ三十になりますのよ」

「あら、そんな大きな息子さんがいらっしゃるの？　じゃあお嫁さんなのね。女将もまだお若いのに跡継ぎが決まっているなんて、海扇館も将来が安泰ね」

「ありがとうございます。息子は新館の方にかかりきりで、こちらには見向きもしませんのよ。どうぞ娘共々、今後ともご贔屓にお願いいたします」

百合子が優雅に頭を下げたので、詩子も慌ててそれに倣って手をついた。

「百合子さん！　冗談でもまずいですよ」

客室を出るなりそう訴えたけれど、百合子は涼しい顔で慌てた様子もない。

「あら、いいじゃない。私が詩ちゃんを実の娘みたいに可愛がってるのは本当でしょう?」

「でも、あれじゃ私が諒ちゃんのお嫁さんだって誤解されちゃいますよ」

「いいのいいの。私は大歓迎ですもの」

「百合子さん⁉」

それ以上は聞く耳持たずという態度でそそくさと次の客室へ向かう百合子に、詩子は困ってしまう。

お客様は地元の人ではないからすぐに誰かに伝わることはないけれど、従業員たちが耳にしたら出岡は狭い街だから噂(うわさ)はすぐに広がるし、そうするとせっかくアルバイトを紹介してくれた諒介に迷惑をかけてしまうことになる。

それに諒介が出岡に腰を据えてホテル経営に専念するとなると、その跡継ぎのことも考えて結婚をすることになるだろう。

実はこの数日海扇館で働いていて、諒介がそろそろ結婚するのではないかという噂をちらほら耳にしたのだ。

具体的にお見合いをするとか、恋人を連れて帰ってきたとかの話が出ているわけではなく、そろそろじゃないのかという憶測レベルだが、海扇館のことを考えればすぐに結婚というのもあり得る話だ。

諒介はどんな女性がタイプなのだろう。今までの歴代の彼女、と言っても詩子が覚えているのは中学生のとき諒介につきまとっていた酒屋の娘と、高校時代に付き合っていたらしい同級生の女の子だけだ。

そのあと大学やアメリカで付き合いがあった女性についてはわからないけれど、高校のとき付き合っていた子はかなり美人で背が高く、制服の短いスカートからすらりと伸びた足が綺麗だった。

当時の詩子は中学に入ったばかりで、二人が自転車で並んで走っている様子を見かけて、自分には届かない大人の世界に見えた。そして、やっぱり諒介が選ぶのは自分ではないと思い知らされたのだ。

今回出岡に帰ってきて、急に子どもの頃のように諒介との距離が近くなった。もうこんなふうに心が揺れることはないと思っていたのに、実際に会ってみたら、昔のように諒介の顔を見たり話をするとドキドキしてしまう。

むしろ子どもの頃よりも諒介を男性として見ている自分がいる。

諒介が急に詩子のことを女の子のように扱うからいけないのだ。普段は子ども扱いをするくせに、あんなキスをしたのもいけない。

向こうにはなんでもないことでも、こちらはもしかしたらと淡い期待を抱いてしまう。そして百合子の冗談すら、本気にしてしまいそうになるのだ。

「詩ちゃん？」

「え？」

「どうしたの、急にぼんやりして。次のお部屋行くわよ～」

「あ、はい！」

結局百合子に抗議していたことも忘れてすべての部屋回りに付き合わされてしまい、解放されたのは夕食の給仕がはじまる時間だった。

詩子は夕食の時間こそ忙しいから手伝うと申し出たけれど、

「それは追々お願いするわね」

そう言われて、本館をあとにしたのだった。

「おつかれ」

新館のロッカールームに戻り着替えを済ませた詩子が通用口を出たところで、Tシャツにデニムというラフな格好の諒介に声をかけられた。

「諒ちゃん？　お疲れ様。どうしたの？　まだ仕事中じゃないの？」

「今日はもうおしまい。それより悪かったな、母さんの相手頼んじゃって。どうせ着せ替え人形にされたんだろ」

まるで百合子とのやりとりを見ていたような諒介の言葉に、詩子はその顔を探るように見つめた。

「どうして知ってるの？　まさか……また覗(のぞ)いたんじゃ」

詩子の言葉に、諒介が慌ててそれを否定する。

「バカ！　誰が覗くか！　それに、またってなんだ、またって」

「だって、前に露天風呂覗いたじゃん」

「アレはおまえが札を出し忘れたからだろうが！」

大きな手で頭をグイグイ押さえつけられて、詩子はその手から逃げるように歩き出した。

「痛いって！」

「おい、待てって。なんか奢る約束だろ。光一のとこ行くか？」

「えー……行きたいけど、今日は疲れたから帰るよ」

露天風呂には落ちるし、百合子には振り回されるし、体力的にも精神的にものんびりしたい気分だ。

詩子がそう言うと、諒介が隣に並んで歩き出した。

「じゃあ送るわ」

「送るって、隣じゃん」

「いいから。女がひとりで歩く時間じゃないだろ」

そう言われてしまったらそれ以上断るのも変な気がして、詩子も並んで歩くしかなかった。

「おまえ明日休みだったよな？」

「あ、うん。久しぶりに寝坊できる～」

喜久川では朝の庭掃除があるからもっと早く起きていたが、外で働くということは体力的なものよりも人付き合いとか気遣いで精神的に疲れるのだと気づいた。

今までの家の手伝いは、やはり手伝いのレベルだったのだ。蓮子には絶対に言うつもりはないけれど、それに気づいただけでも海扇館で働かせてもらえて良かったと思う。

「せっかくの休みなんだから早起きしろよ」

「へ？」

「いや、あのさ……じゃあ明日どっか行く？」

「どっかって」

首を傾げる詩子に、諒介は困ったように頭を搔く。

「ほら、俺もこっち戻ってきたばっかだし、お客様のためには近場の観光スポットの今を把握しとかないとまずいだろ。おまえどうせ暇なんだし付き合えよ」

「いいけど」

どうして急にそんなことを言い出したのだろう。今までもみんなでどこかに行くとか集まることもあったけれど、大人になってから二人で出かけたことはない。

「あ！　じゃあ今日の貸しの分でおいしいもの奢ってよ」

詩子の言葉に諒介が苦笑いを漏らした。

「いいよ。そっか、詩はまだ色気より食い気か」

「どういう意味？」

「別に」

なんだか含みのある言い方だったけれど、二人で出かけるなんてなんだかデートみたいで、それだけで疲れていたはずの足取りが少しだけ軽くなった気がするのだから不思議だ。

通用口から旅館の周りをぐるりと回っても五分もかからない距離を歩いてくると、喜久川の前に人影が見える。

詩子よりも先に背の高い人影の存在に気づいた諒介が驚いたように言った。

「あれ、悟さん？」

「ホントだ。悟さーん！」

詩子が人影に向かって手を振った。

「まさか、毎日ああやっておまえが帰ってくるのを待ってるわけじゃないよな？」

「たまたまでしょ。私が帰ってくる時間と休憩してる時間が一緒になっただけだよ。今の時間って夕食が出し終わってるぐらいだし、休憩してこれから明日の朝の仕込みとかするんじゃない？」

「……ふーん」

なんとなく納得していない返事だったけれど、それ以上に何があるというのだろう。詩子がそれを尋ねる間もなく、二人は旅館の明かりが届くところまで来てしまった。

「お嬢、おかえりなさい」

「ただいま～。諒ちゃん、もう大丈夫だよ。送ってくれてありがと」

「ああ」

諒介は頷（うなず）きながら、チラリと悟に視線を向ける。それに対して、いつも礼儀正しいはずの悟がにこりともしない。

　この間の夜も感じたけれど、諒介と悟の間にはなにか微妙な緊張感があるように思えるのは気のせいだろうか。

「お嬢、今日はデザートの試食をしてもらう約束ですよ」

　そんな張り詰めた空気をものともせず、悟が詩子にだけ笑いかけた。

「あ、そっか！　やったーちょうどお腹空いてたんだ！」

「先に母屋に行っていてください。すぐに仕上げて母屋にお届けしますから」

「ん。諒ちゃん、またね」

　すっかりデザートに心を奪われた詩子は、さっきまで二人の間に流れていた微妙な空気のことなどすっかり忘れてしまった。それどころかデザートのことで頭がいっぱいで、なおざりに諒介に手を振って家の中に入ろうとしたのだ。

「詩子」

　いつもより強い口調で名前を呼ばれてドキリとして振り返る。

「諒ちゃん？」

「明日の朝、九時に迎えに来るから」

　まるで詩子ではなく悟に聞かせるような大きな声だ。

「あ、うん……」

「二人でなんかうまいもん食おうな」

諒介はそう言うと詩子に手を伸ばし、指先で頬を撫でた。目の中を覗き込むようにジッと見つめられて、突然周りの音が消え、心臓の音だけが頭の中まで鳴り響いてくる。

詩子から離れていく諒介の手の動きが、やけにゆっくりに見えた。

「……り、諒ちゃん？」

触れられた場所が熱くて、詩子は無意識にその場所に自分の指を滑らせた。

今日の諒介は少しおかしい。今までこんなふうに思わせぶりに甘く見つめてきたり、頬に触れたりなんてしたことはない。なんだか視線だけで蕩けてしまいそうな気がして、詩子は目を伏せた。

「おやすみ」

「……お、おやすみなさい」

どうしてこんなにドキドキしてしまうのだろう、諒介が踵を返す気配を感じて、慌てて顔を上げてその後ろ姿を見つめた。

少しずつ諒介との距離感というか関係が変わってきた気がする。それは諒介が変えようとしているのか。それとも詩子が変わりたいと願っているからそう思えてしまうのか。

「お嬢。明日はお仕事お休みなんですよね？」

その声で悟が側にいたことを思いだし、詩子は飛び上がりそうになった。

「え⁉　あ、うん。お休みなんだけど出かけようって……えっと、諒ちゃん出岡が久しぶりで……あの、観光地とかの勉強で、えぇっと」

別に意味なんてない。それなのに諒介と二人で出かけると知られるのが恥ずかしい。

「も、もお～せっかくの休みなのに、迷惑だよね～……まあ、雇い主だし、仕方ないっていうか……あ、あたし先に母屋に行ってるね！」

それだけ言うと、詩子は赤くなった顔を見られないように足早に母屋に向かって歩き出した。

そして、後ろを歩いていた悟の眉が悲しそうに歪められていることなど、動揺している詩子には気づくことができなかった。

母屋に戻るとみんな旅館の方に出払っているのか、居間には人の気配がない。いつもなら弟の充樹がテレビを見ていたり、母と一緒に遊んでいたりする時間のはずだ。

「ただいま～！　お母さん？」

台所にも母の姿はなく、詩子は仕方なく座敷の座布団に足を投げ出すようにして座った。

今日は午後から百合子に本館の中を連れ回されていたからまだましだけれど、やはり館内清掃は一日中立ち仕事ということもあり、夕方になると足が痛くなる。

喜久川の手伝いをしているときは、疲れたら声をかけて休憩させてもらえたけれど、誰かに雇われる以上、休憩時間などもきちんと決められていて、当然だが簡単に休むことなどできなかった。

人心地がつくと、旅館と母屋に通じる廊下に人の気配を感じて詩子は廊下に向かって声をかけた。

「おかーさーん！　お腹空いた〜なんかある？」

しかし背後で開いた襖から返ってきた返事は、母のものではなかった。

「なんだい。半人前がえらそうに。綾子なら、今日は充樹の調子が悪いからって、寝かしつけをしているところだよ」

「じゃあ調理場でなんかまかないもらってこようかな」

悟がデザートの試食を持ってきてくれると言っていたけれど、その前になにか食べたい。悟に頼めば、なにか作ってくれるだろう。

「馬鹿言ってんじゃないよ。うちは従業員にしかまかないは出さないよ。あんたはあんたで働いてるんだから、自分のことはなんとかしな。一人でご飯ぐらいよそえるだろう？」

「な！　ご飯だけでどうしろって言うのよ！」

「漬物でも卵かけご飯でもなんでもあるだろ」

蓮子の言うこともわかるけれど、そんな言い方をされるとつい顔をしかめてしまう。

頭の隅でいつもの売り言葉に買い言葉になっていると気づいているのに、それでも頭に血が上った詩子は祖母に向かってまた口答えをしてしまった。

「なにそれ！　私だって働いてるのに、そんな言い方しなくてもいいじゃん！」

「居候して家に稼ぎを入れるわけでもないのに、えらそうなこと言うんじゃないよ。この家の人間は、充樹以外みんな働いてご飯を食べてるんだよ。文句があるって言うんなら、どこへでも出て行きな！」

　出て行けというお決まりの台詞に、詩子はカッとなってその場に立ち上がった。

「なによ！　いいわよ、そんなに言うなら出て行ってあげる！」

　どうして蓮子とはすぐにぶつかってしまうのだろう。幼いころから厳しくしつけられたこともあり、子どもの頃は祖母に逆らうなんて考えられなかった。

　でも二十歳になって充樹を跡継ぎにすると言われたとき、祖母の言いつけに従って一生懸命積み上げてきた壁が、目の前でガラガラと崩れるような感覚に襲われたのだ。

　もう、祖母と自分の関係は修復しようがないところまできてしまっているのかもしれない。

「おばあちゃんが出てけって言ったんだからね！　戻ってこいって頼んだって戻らないんだから！」

　詩子は大きな声で叫ぶと、入り口に立つ祖母を押しのけるようにして居間を飛び出した。

「お、お嬢⁉」

　途中廊下の角からお盆を捧げ持った悟と行き会ったが、詩子は返事もせずにその脇をすり抜ける。

「お嬢！　こんな時間にどこ行くんですか⁉」

　悟の慌てた声が追いかけてきたけれど、なにも考えずに母屋を飛び出した。

　勢いに任せて出てきたものの、行く当てなどあるはずもない詩子は、外灯の少ない道をトボトボと歩きながらすぐに途方に暮れることになった。

行きつけの喫茶店イーグルはスナックの時間帯に変わっているから、保たちが一緒ならまだしも、詩子一人では行きにくい。

光一の店もそろそろホテルや旅館のお客さんが夕食後にブラブラ飲み歩き始める時間で、忙しいから迷惑だろう。

「どうしよう……」

そう思った瞬間、お腹が鳴った。

そういえば、悟が運んできたのは新作のデザートのはずで、その隣には一人用の土鍋も載っていた。

すれ違いざまに美味しそうな匂いがしたから、悟が気を利かせて作ってきてくれたのだろう。あれはきっとお刺身に使った鯛のアラで出汁をとって作った雑炊だ。悟は詩子の好物をよく知っている。

思わず半熟に固まった溶き卵の黄色に、色鮮やかな小ネギが散らされている様子を思い浮かべて、またお腹が鳴った。

「お腹空いた……あれだけ食べてくればよかったかも……」

幸い帰宅したばかりでバッグや財布は持って出てきたから、食事をすることはできる。

空腹ではろくな解決策も浮かびそうにないし、行く当てのない自分がさらに惨めに思えてきそうだ。

「とりあえずコンビニか……」

子どもの頃から割烹（かっぽう）旅館の味で育った詩子は、正直コンビニ弁当の味付けはあまり好きではない。でもこの場合背に腹は代えられないだろう。

横浜にいるときなら、ファミレスや漫画喫茶で一晩過ごすこともできたのに。詩子はぼんやりと大学に通っていたときのことを思い出した。

一度友達と遊んでいて寮の門限に間に合わなくなり、みんなでファミレスで夜を明かしたことがあった。

みんなそれなりにしつけの厳しい家のお嬢さんが多かったから、それだけで悪いことをした背徳感と、それでいてワクワクした高揚感を味わったのを覚えている。

残念ながら出岡には夜明かしをできるような場所はない。となると、やはり友達の家に泊めてもらうのが無難だけれど、地元に残っている友達は少ないし、時間的に訪ねにくい。

「んー……」

コンビニで買い物を済ませた詩子は、店の前でしばらく考え込んでから、再び喜久川の方に足を向けた。

＊＊＊

「おまえ……ここでなにやってるわけ？」

詩子が畳敷きの部屋に置かれたソファーの上でテレビを見ていると、襖が開いて諒介が姿をみせた。

詩子はなるべく諒介を刺激しないように、唇が引きつるのを感じながら必死で笑顔を向けた。

「あ、諒ちゃん。おかえりー」

「おかえりー！　じゃねーよ。何時だと思ってるんだ」

詩子は壁に掛かった時計をチラリと見上げて、小さく肩を竦めた。針はもうすぐ日付が変わりそうな時間を指している。

「遅かったね。もしかして光ちゃんのところで飲んでたの？　私も行けば良かった」

詩子は後ろめたさに諒介の目を見ることができず、視線をテレビに戻す。

「おまえが疲れたから帰るって言ったんだろ。つうか、家まで送ってやったのになんでここにいるんだよ」

「えー……それには色々事情があって……あ！　諒ちゃんプリン食べる？　好きでしょ？　さっきコンビニで買ってきたんだ。この番組さ、毎週見てて」

なんとか話題を変えようとしたけれど、次の言葉でバッサリ切り捨てられる。

「テレビなんてどうでもいい。俺はどうしてここにいるのか聞いてるんだけど！」

諒介は厳しい声で言うと、テーブルの上のリモコンをとってテレビを消してしまった。

「えーと……ほ、ほら、明日出かける約束してるし、少しぐらい早くてもいいかなって」

「早すぎるだろ。ったく、なんで人の部屋に勝手に入ってるんだよ」

諒介はため息をつきながら隣に腰を下ろすと、拳で詩子の頭をグリグリと押した。

「痛いっ！　だって、いつも鍵開けっぱなしじゃん！」

諒介の部屋は母屋の離れのようになっていて、庭から直接部屋に入ることができる。元々は諒介の祖母の隠居所だったけれど、祖母が他界したあと諒介の部屋として使うようになった。

母屋を通らないで出入りができるということで、気軽に諒介の部屋を訪れることができたから、詩子たちは子どもの頃から親に怒られたときなど、よく避難所として利用していたのだ。

「色々あるんだってば！　ね、お願い!!　今夜泊めて！」

諒介の拳から逃げながら叫ぶと、諒介が聞いたことのない素っ頓狂な声を上げた。

「はぁ!?　おまえ、なに考えてんだ！」

心なしか詩子から離れようとする諒介を逃がさないよう、その腕にしがみつく。

「お願いっ！　おばあちゃんと喧嘩しちゃって、もう帰らないって言っちゃったんだよ～ね、今夜だけ！　今夜だけでいいからっ！」

詩子のすがるような眼差しに、諒介はぐったりとしながらしがみついていた手を引き剝がす。

「ちょっと、待て。いきなりすぎて考えがまとまらないから」

諒介はそう言うなり頭を抱えてしまった。

「諒ちゃん？」

「……わかった。蓮子さんと揉めたのはわかった……けど！　なんで俺の部屋に来るんだよ。こっちに残ってる女友達だっているだろ？　ほら、中学の時いつもつるんでた真央とか。あいつ出岡ロープウェイに就職したって聞いたぞ」

　顔を上げた諒介に睨みつけられる。

「だって真央はゴールデンウィークにとれなかった休みをこの週末にとってて、彼氏とディズニーランド行ってるんだもん。それにこの時間に実家暮らしの友達の家なんて行きにくいじゃん」

「知らねーよ、そんなん！　とにかく帰れ！　うちには泊めないからな！」

「ええっ⁉　なんで？　別にいいじゃん‼　私ソファーで寝るし、静かにするからさ！」

　身を乗り出す詩子から離れようと、諒介が上半身を反らすように身体を離す。

「バカ！　そういう問題じゃねーんだよ。とにかくすぐに帰れ！」

「ケチ！　一晩ぐらいいいじゃん！」

「いいから帰れ！」

　なんだかんだと詩子を助けてくれる諒介なのに、今日はいつもより頑固で手強い。いくら頑張っても首を縦に振ってくれそうにないことに、詩子も諦めるしかなかった。

「……わかったよ。じゃあ、帰るね」

「よし！　じゃあ送ってやるから」

急にあやすような猫なで声を出されて、諒介が本気で迷惑して追い出したかったのだと悲しくなってくる。最近の諒介の態度が今までとは違うから、もう少し優しくしてくれるのではないかと、心のどこかで期待していたのかもしれない。

勝手に期待をして勝手に傷つくなんてバカみたいだ。詩子は胸がズキズキと痛むのを感じた。

「い、いいよ。悟さんち行ってみるから」

目の奥の方がジンと痺れてくるのを感じながら、詩子は諒介の顔を見ないようにソファーから立ち上がった。

早くこの部屋からでないと、泣いてしまいそうだ。

「う、うちの裏だし、悟さんならなんとかしてくれると思うし。ごめんね……遅い時間に」

「待て待て待て！」

するとさっきまで一刻も早く詩子を追い出そうとしていたはずの諒介が、慌てて詩子の手首を掴んだ。

「……なによ」

「いいから座れ」

グイッと腕を引っ張られて、もう一度ソファーに座らされてしまう。

「痛い！　もう乱暴にしないでよ。帰れって言ったのそっちじゃん！」

帰れと言ったり待てと言ったり振り回さないで欲しい。

諒介がなぜ不機嫌なのかわからずに、詩子は唇をへの字に曲げて諒介を上目遣いで見上げた。

「おまえさ、深夜に男の部屋に行くって意味わかってんの？」

「え？」

「詩はかるーく泊めろって言うけど、男の部屋に泊まるって意味わかってんのか？　なにされても文句言えないんだぞ？」

もしかして、悟が詩子になにかするとか、二人の間になにかあると疑っているのだろうか。その考えに、詩子は噴き出した。

「悟さんは大丈夫だって！　だって私が小学生の時からうちにいる、お兄さんみたいな人だよ？　諒ちゃん、もしかしてそんなこと心配してたの？」

諒介は呆れたように詩子の顔をジッと見つめて、それから心底疲れ切ったようなため息を漏らした。

「なんか……感じ悪ーい！　なんでそんな面倒くさそうにされなくちゃいけないのよ」

「おまえさ、この前俺が言ったこと覚えてないだろ」

「この前って……」

怪しいバイトの募集に引っかかったときのことを言っているのだろうか。

「ちゃんとわかってるよ。もう知らない人にはついていかないし」

「……わかってないみたいだから言うけど、あのエロオヤジも含めて、男はみんな下心があるんだよ。あの親切そうな顔した板前だって同じなの」

「なにそれ！　自分がそうだからって悟さんのことまで悪く言わないでよ。悟さんがあのエロオヤジと一緒のわけないでしょ。それにおばあちゃんと喧嘩したときとか、いつも話を聞いてくれて、すっごくいい人なんだから！」

いつも親切で人のいい悟のことを悪く言われて、腹が立ってくる。そもそもただの幼じみで詩子になんの興味もない諒介にそこまで言われる筋合いはない。

「なんでそんなにあの人の肩持つんだよ。まさか、悟さんとなんかあるのか⁉」

「だからないって言ってるじゃん！　もういいよ、諒ちゃんには頼らないから！」

さっきから帰れと言ったり帰るなと言ったり、いきなり怒鳴り出したりところころ変わりすぎる。

詩子なら子どもの頃のように、自分の言うことをなんでも聞くと思っているのだろうか。

「勝手なこと言わないでよ。私、ああしろこうしろって命令されるのが一番嫌いなの！」

「あ！　おいこら、待てって！」

怒りにまかせて立ち上がった詩子の手首を引き寄せると、諒介は押さえつけるようにして詩子を胸の中に抱きしめた。

「ちょ、な、なに……ッ⁉」

間近に諒介の身体と息づかいを感じて、その腕の中でジタバタと暴れてしまう。

「いいから落ち着けって！　悟さんがどうかは知らないけど……とにかく俺はおまえと一晩一緒にいたらなにもしないでいられないぐらいには、おまえのこと女だと思ってるから。それから他の男のところには行かせたくない」

「は、はい？」

今、諒介はなんと言ったのだろう？　自分の聞き間違いではないだろうか？

詩子は暴れるのをやめて、広い胸に抱き寄せられたままその顔を見上げた。

いつものからかうような雰囲気ではなく、少し苦しげに真っ直ぐに詩子を見下ろす瞳に鼓動が速くなる。

「りょ……」

軽く首を傾げた諒介の顔が間近に迫ってくるのを感じて、詩子は無意識に瞼（まぶた）を閉じていた。

すべてが止まったような一瞬のあと、柔らかな唇が詩子のそれに押しつけられ、すぐに離れてしまう。

詩子が目を開くと、鼻先が擦れ合いそうな距離に諒介の顔があって、詩子の顔をジッと見つめていた。

「俺にはもう、キス……されないと思った？」

「……」

こんなときなんと答えればいいのだろう。

今のキスは、この前の詩子を懲らしめるためのキスとは違う。その証拠に、今の諒介はこの前のように自信たっぷりではなく、少し困っているように見える。詩子にキスをしたことを後悔しているみたいだ。

「……もう一回、して」

我ながら大胆な言葉に顔が熱い。きっと諒介の目には赤くなった詩子の顔が映っているはずだ。

もしお仕置きなんかじゃなく諒介が詩子に女としてキスをしたいと思ってくれているなら、キスをして欲しい。

「……本気?」

「……うん」

詩子が頷くと、もう一度キスで唇が塞がれる。

今度は詩子の小さな唇が諒介の形のいいそれに飲み込まれるように覆われる。詩子が身体を硬くしていると、抱きしめる腕の力が強くなり、お互いの身体がこれまでにないほど密着する。

「ん……っ」

戸惑っているうちに濡れた舌が唇を割って歯列をなぞり始め、その刺激に詩子は喘ぐように諒介を口腔の中に迎え入れた。

ぬるりとした舌の生温かい感触に、身体の奥が疼く。小さく身体を震わせると、諒介の手が優しく背中を撫でた。

「んぅ……ん……っ」

歯列を丁寧に舐めめ、頰の裏や上顎の奥までざらついた舌が擦りつけられる。ヌルヌルとした刺激に身体の芯から蕩けて、その場に崩れ落ちてしまいそうだ。

「ふ……んっ……ぅ」

息苦しさに唇を離そうとするけれど、いつの間にか頭の後ろに回された手で押さえつけられてしまった。

「まだだ」

ぞくりとするほど低い声で囁かれて、頭の中がジンと痺れてなにも考えられなくなってしまう。

キスはゆっくりと唇から顎や首筋に移り、柔らかな耳朶に歯を立てられる。

「あ……ンっ！」

「詩、その声カワイイ。もっと聴かせて」

「な……っ」

――そんな甘い言葉を囁く諒介は知らない。

急に諒介の胸の中にいることが恥ずかしくなって、衝動的にその腕の中から飛び出そうともがいたけれど、力強い腕に抱きしめられたまま逃げ出すことはできなかった。

「……帰りたくなった？」

多分諒介は詩子が一言『帰りたい』と言えば、これ以上無理強いはしない。子どもの頃から本気で詩子のイヤなことなどしたことがないのだから。

もし詩子が側にいて欲しいと言ったら、ずっと側にいてくれるだろうか。

「や。帰らないから……っ」

駄々っ子のように小刻みに首を横に振ると、自分から諒介の首にしがみついた。

「……ホントに？」

耳朶に熱い息を吹きかけるように囁かれ、詩子は背筋を震わせながら首を縦に振った。

「……いいの」

――諒ちゃんのことが好きだから。その一言は恥ずかしすぎて、心の中で呟（つぶや）いた。

6　初恋成就の甘い夜

男性とこんな深いキスをするのは初めてだというのに、諒介が相手だとずっと昔からこうしていたような気持ちになるから不思議だ。

他の友達や恋人同士以上に長い時間を、二人で一緒に過ごしてきたからだろうか。

諒介は詩子をソファーから抱き上げると、濃紺のベッドカバーの上へまるで子どもを扱うようにそっと降ろした。

なんだか夢でも見ているようで、詩子は手を伸ばして諒介の髪に触れた。昔からクセのないサラサラの髪がうらやましかったけれど、それは大人になった今も変わらない。

スベスベとした髪の感触に夢中になっていると、諒介が覆い被さってきてそのまま下唇を甘噛（あまが）みされる。

「あ……」

「なに、考えてる？」

「なんにも……だって、頭の中真っ白で……」

そもそもなにもかも初めてで、これからどうすればいいのかもわからない。こういうときは、なにもわかりませんと自己申告をした方がいいのだろうか。

詩子がぼんやりとその顔を見上げると、諒介も詩子の瞳の中を覗き込んできた。その視線はいつもよりも甘く包みこむようで、なんだか居心地が悪くてムズムズしてしまう。

詩子が困って視線をさまよわせると、諒介はクスリと笑いを漏らして、詩子の首筋に唇を押しつけた。

「は……んんっ」

まるで匂いを嗅ぐように鼻面を擦り付けられてくすぐったい。そういえば今日は一日働いてシャワーも浴びていないのにと不安になる。

そう思っているうちにチュニックワンピースの裾を捲り上げられ大きな手が詩子の素肌に触れた。

ブラを押し上げ、柔らかな胸の丸みが諒介の手の中に収まる。やわやわと触れられているだけなのに、胸の膨らみの中心がむず痒くて少しずつ痺れてくるのがわかる。

諒介の手のひらがその場所を転がすように撫でるだけで、詩子の意思とは関係なく、身体がビクリと反応してしまう。

「もう硬くなってる」

耳朶に熱い息を吹きかけられて、言葉に反応するように諒介の手の中で薄紅色の突起がさらにツンと立ち上がる。

諒介は耳元でクスリと笑うと、筋張った指で尖りをつまみ上げ、コリコリと指の腹で擦りあげ始めた。

「ふ……ぁっ、やぁ……」

素肌を男性に触られるのなど初めてなのに、身体の奥からなにかが滲(にじ)み出して来るのがわかる。唇から濡(ぬ)れた声が漏れてしまうのが恥ずかしくて、震える手で必死に口を覆う。

首筋に押しつけられていた唇が少しずつ下がり白い膨らみの間に下りてきて、詩子はその感触に声を上げた。

「あ……っ」

いつの間にかむき出しになった胸元に諒介の黒髪がサラサラと落ちてくるだけで、身体が震えてしまうほど敏感になっている。

諒介のことは昔から好きだったけれど、こういうふうに抱かれることは想像したことがなかった。お互い跡継ぎで、いくら好きでも結ばれることはないとわかっていたからかもしれない。

でも今詩子に触れているのは諒介で、それだけで胸がいっぱいになる。

「りょ、ちゃ……」

白い素肌を舐(な)めあげた舌がさらに赤みを増した乳首を捉え、ねっとりと絡みつく。熱く濡れた口腔(こうこう)に包みこまれて、詩子は堪えきれず背中を大きく仰け反らせた。

「や……それ、しちゃ……んん……っ」

敏感なその場所を舐めしゃぶられ、初めての刺激が怖くて涙が滲んでくる。

友達の話で色々と聞かされていたけれど、舐められただけでこんなに感じてしまうものだとは知らなかった。

「んぁ……あ、あっ……やだぁ……っ」

詩子がビクビクと身体を震えさせると、諒介が小さく笑いながら呟いた。

「おまえ……感じすぎ」

そう言いながらも、諒介はさらに赤い尖りを強く吸い上げて、嬲るように舌先で転がす。

「は……ぁっ、あっ、んぁ……」

頭の中まで自分のものとは思えない甘ったるい声が響いてきて、恥ずかしくてたまらない。それなのに愛撫されるたびに、淫らな声が漏れてしまうのを自分では止めることができなかった。

諒介は詩子の声を引き出すように反対側の胸も同じように舌で愛撫する。

「んん……あっ、やぁ……」

刺激から逃れたくて両手で諒介の頭を押し返そうとしたけれど、強い快感で手足に力が入らない。

「や……そこ、舐めちゃ……あぁ……っ」

「じゃあここは？」

唇が胸の谷間から腹部へと滑り落ちる。大きな手が太股やお尻を撫で、すっきりとしたウエストや丸みのある腹部に濡れた舌が這わされる。

詩子がくすぐったさに身を捩ると、レギンスの上から身体を撫で回していた手が止まった。

「ああ、もうこれ邪魔」

諒介はそう呟くと詩子に抵抗する隙も与えず、手際よくするするとレギンスと下着を脱がせてしまう。

「や、あの……ちょっと……っ」

今までうっとりと諒介の愛撫に身を任せていた詩子は、スースーとする下半身に気づき我に返る。ジタバタと足を動かすと恥ずかしい場所がすべて見えてしまいそうで、慌てて太股と膝をぴったりと引き寄せた。

諒介はその間に詩子の身体を横に向けながら、身体にまとわりついていたブラとワンピースも脱がせてしまう。まるで人形の服でも脱がすみたいだ。

「やっ、ちょ、ちょっと……待って……っ」

真っ赤になって身体に腕を巻き付けながら、ギュッと目を瞑ってエビのように背中を丸める。

「あの、恥ずかしい……から」

自分でも驚くぐらい弱々しい声しか出ないし、羞恥で涙が滲んでくる。男性に裸にされるのがこんなにも不安で、恥ずかしいものだとは思わなかった。

それなのに諒介は、いつも威勢よく思ったことを口にする詩子が恥ずかしがる様子に楽しげな笑みを唇に浮かべている。

「この前も、明るいところで見せてもらったばっかりだけど？」

「そ、それとこれとは、ち、違うっていうか……」

「そう、恥ずかしいんだ」

口元がニヤリと歪(ゆが)むのを見て、居たたまれなくなる。詩子が恥ずかしがるのを面白がっているのだから、堂々とすればいい。そう思ってもこんな無防備な姿でそれを実践することなどできそうになかった。

「……イジワル……」

小さな声で呟くと、詩子の華奢(きゃしゃ)な足首に手がかかり、まるで人形のように片足をつり上げられ足を大きく開かされる。

「やっ！　諒ちゃ……っ」

「ここはまだ、見せてもらってない」

「いやっ！　そこはダメ！」

叫んで抵抗してみたけれど、もう一方の足も捕まえられてそのまま足を大きく開かされてしまう。

足の間の濡れた場所に諒介の視線を感じて、頭に血が上って目の前が真っ赤になった気がした。

「きゃあっ！　み、見ないで！　放してってば‼」

「こら、暴れるなって」

いつの間にか曲げた足の膝頭を押さえられ、自分の力では足を閉じることができない体勢にされていた。

「だって！　諒ちゃんのエッチ！」

「バカ。こうしなきゃ続きができないだろ」

「こんな恥ずかしい格好イヤだもん！」

もちろんこういうときにすることは知っているけれど、いざ自分のこととなると恥ずかしくて耐えられない。

「もう、おまえうるさいって。ムード台無し」

面倒くさそうな諒介の言葉にドキリとする。恥ずかしくてつい騒いでしまうけれど、その気がなくなってしまったのかもしれない。

詩子がもうしわけなさに一瞬身体の力を抜く。諒介はその隙を待っていたかのように、詩子の上に覆い被さってその身体を組み敷いてしまった。

「あ」

声を上げる前にグッと顔を近づけられて、額を合わせるようにして瞳の中を覗き込まれる。

「無理矢理するのは趣味じゃないから、詩がホントにイヤならやめるけど」

どうする？　視線でそう問いかけられて詩子は真っ赤になった。

そんなこと聞かれても困る。諒介のことが好きだからここにいるのだ。ただこういう経験がないから、次から次へと起きることに大袈裟に反応してしまっているだけだ。

「や、やめない、けど……」

なんとかそう口にすると、詩子はこれ以上諒介の目を見ていられなくて、ギュッと目をつぶった。

「じゃあ詩の〝イヤ〟と〝ダメ〟は無視するってことで」

笑いを含んだ声音に胸の奥にキュンと痺れが走る。

今すぐここから逃げ出してしまいたいほど恥ずかしいのに、諒介は詩子の唇に優しくキスをしながら、片手で身体を撫で下ろしていく。

「あ……や……っ」

諒介の手は迷わず足の付け根までたどり着き、蜜が滲み出したその場所に触れた。

「ひ……ん……っ」

長い指が秘唇に触れて、ヌルヌルとした刺激が伝わってくる。蜜を塗り広げるように指が蜜口を行き来するたびに、腰からじわじわと刺激が這い上がってきて、身体が勝手に震えてしまう。

「これ、嫌い？」

嫌いもなにも、初めてなのだから応えようがない。ふるふると首を横に振ると耳朶に唇が押しつけられ、舌で輪郭をなぞられる。

「やぁ……ン」

くすぐったいような微かな刺激なのに、身体の奥が痺れてくる。

「んぅ……ん、は……んんっ」

鼻から熱い吐息が漏れて、うまく息ができない。でも口を開いたら喘ぎ声が漏れてしまいそうで、詩子は必死で唇を噛んだ。

諒介の指の動きが少しずつ大胆になり、蜜源の入り口に差し込まれる。浅いところを広げるように動き回る刺激に、詩子は無意識に腰を揺らしてしまう。

「ん……ふ……ぅっ」

「詩、カワイイ」

普段は絶対に口にしない言葉と掠れた声に、心臓が跳ねる。思わず目の前の諒介の首にしがみつくと、浅いところを探っていた指がその勢いで深く埋め込まれてしまう。

「ひぁ……っ」

自分ですら触れたことのない深い場所に諒介が触れている。普段じっくり見たことがないはずなのに、脳裏に男性らしい骨張った指が浮かんで、身体の中で動き回っている様が見えるようだった。

クチュッと小さな水音をさせながら指を出し入れされて、身体の奥から蜜が溢れてくるのが自分でもわかる。

「……感じてる？　俺の指。詩子の中すごく、熱い」

「や……も、言わないで……っ」

まるで頭の中を覗かれているようで恥ずかしくて仕方がない。そうでなくても、諒介の手が動くたびに、下肢から痺れのような快感が広がってどうしていいのかわからなくなるのに。

「どうして？　気持ちがいいんだろ？　俺の指をこんなに濡らしてるのに」

乱暴に中をかき回されて、クチュクチュと淫らな音を立てられる。親指で小さな粒を擦られて詩子の背が大きく跳ねた。

「ああっ……やぁだ……っ」

「ここも好き？　ほんの少し触っただけなのに、中が俺の指を締めつけてるけど」

意地悪な口調なのに、その声は蕩けそうなほど甘く、少し掠れている。

「や、もぉ……言わない、で……」

「どうして？」

そう言いながら、さらに指で大きく中をかき回す。

「んぁ……っ、……もぉ……っ」

勘弁して欲しい。子どものころからよくからかわれたけれど、こんなふうに逃げ場がないほど追い詰められたことはない。

「……諒ちゃん……私……こういうの、初めて、だから……」

だからもう虐めないで欲しい。詩子は諒介の首にしがみつき、蚊の鳴くような声で囁いた。

「……よかった」

「え？」

諒介の安堵したような声に詩子はしがみついていた手を緩め、諒介の顔を見上げた。

「いちいちきゃあきゃあ声上げるし、なんとなくそうかなって思ったけど、それを期待するのって俺のエゴだろ。ずっと詩子から離れてて、側にいたわけじゃないんだから、俺にそんな権利なんてない。だから、今のは詩子が他の男を知らなくて嬉しいって意味」

諒介はほんの少しだけ目を細めると、目を潤ませて見上げる詩子の唇を再びキスで塞いだ。

「ん……ぅ……っ、ふ……んんぅ……っ」

先ほどより優しく唇を奪われる心地よさに思わずうっとりとしてしまう。

諒介は詩子が初めてであることを嫌がるどころか、むしろ喜んでくれているということに、期待で胸がドキドキしてしまう。

諒介に好きだと告げたら、受け入れてくれるだろうか。今までは幼なじみという関係が壊れてしまうのが怖くて口にできなかったけれど、こうして抱き合っている時点で、もうただの幼なじみではなくなってしまった。

自分の中から好きという気持ちが溢れてきて、もうこれ以上はせき止められそうにない。キスをすることで、諒介にこの溢れる気持ちが伝わればいい。

「詩子、ちょっとだけ力抜いて」

すっかりキスに夢中になっていた詩子は、その声に首にしがみついていた力を緩めた。

「ん」

諒介は詩子の唇にチュッとかわいいキスをすると、身体をずらし詩子の膝裏に手をかけながら太股を身体に押しつけて、大きく足を開かせた。

「やぁ……ッ」

お腹を押されたせいで、さらに身体の奥から蜜が押し出され、お尻の丸みを伝い落ちていく。その刺激だけで眩暈がしそうなほど詩子の身体は敏感になっていた。

恥ずかしい場所に諒介の顔が近づくのがわかる。過敏になった花びらに、諒介の熱い息がかかり、大きく腰を揺らしてしまう。

まるでねだるように淫らに腰をくねらせてしまうことが恥ずかしくて、詩子が両手で顔を覆ったときだった。すっかり潤った秘裂を諒介の舌が這い回り始めた。

「……ぁあっ、ひぁ……っ……だ、だめ……ェ」

蜜を舐めとるように舌を上下に動かされ、まるで打ち上げられた魚のように身体がビクビクと跳ねる。

足を閉じたいのにいつの間にか腰をがっちりと抱え込まれて、最初は反応を窺うようだった舌の動きが大胆になる。音を立てて蜜を吸い上げられ、さっきまで指を差し込まれていた部分を舌で押し開かれた。

「や、諒ちゃん……これ、や……あっ、ああっ……もぉ……っ」

背中を仰け反らせて助けを求めるけれど、諒介はまるで聞こえていないかのように詩子を追い詰める。

グイグイと蜜洞の中に舌が押し込まれ、溢れ出るすべてを味わうように舐めあげる淫らな水音が聞こえきて、羞恥に一瞬で体温が上がったような気がした。

下腹部の奥が蕩けるように熱く、キュウキュウと痛みにも似た震えが湧き上がってくる。

「あ、あああっ……や、なんか……あっ、ダメ……ッ……」

詩子よりも詩子の身体のことがわかっているのか、諒介が長い指で重なり合った花びらの奥の粒を剝き出しにして、その場所に舌を絡みつけた。

その場所はほんの少し触れられただけで、痛いぐらいの快感を覚えてしまう場所だった。諒介はその粒を舌先でくるりと撫でると、唇で挟み、ちゅうっと強く吸い上げた。

「あ……ああっ——イヤイヤ、なに……これ……っ……!!」

最初はさざ波のようだった震えが、とつぜんの強い刺激で大きく弾けてしまい頭の中が真っ白になる。

詩子の白い四肢が自分の意思に関係なく何度も痙攣（けいれん）して、シーツの上で跳ねた。

「……は……っ、あ……ん……」

何かを失ったのか、それとも満たされたのかもわからない初めての感覚に身体が震えて、自分がなにをしていたのかもわからなくなる。

それからしばらくして、信じられないぐらい淫らな行為に自分が達してしまったのだと気づいた。

「はぁ……ぅ……ん……、諒ちゃ、ん……」

乱れた呼吸のまま諒介の名前を呼ぶ。舌っ足らずで、まるで幼い子が甘えているみたいな声が、また羞恥心を煽（あお）る。

焦点の合わない目で瞬きをしていると、裸になった諒介が視界に映る。諒介は大きな手で詩子の頬を撫でると、だらしなく開いたままの足の間に身体を納めてしまった。

「……諒ちゃん」

応えるように諒介が詩子の耳元に顔を近づける。

「そういえばこの前も思ったけど、おまえ綺麗（きれい）な身体してる」

火傷しそうなほど熱い息が耳朶に吹きかけられて、すっかり感じやすくなった詩子の身体がビクリと跳ねた。

「……こ、この前って!!　やっぱりメチャクチャ見たんじゃん！　エッチ！」

思わず目を見開いて睨（にら）みつけると、諒介は唇を歪めて笑う。

「だから今そのエッチなことしてるんだろ」

すっかり潤った蜜口に硬く張り詰めた諒介自身が擦り付けられる。赤く膨れた粒を擦られて、腰が勝手に跳ね上がってしまう。

さっき唇で吸われた部分がジンジンと熱を持っていて、痛いぐらいだ。

「あ……っ」

堪えきれずに声を漏らすと、諒介が満足そうな笑みを浮かべる。

「しかも感じやすいエロい身体だし？」

「バ、バカ！」

恥ずかしさに諒介の身体を押し返そうとしたけれど、がっちりと押さえ込まれてびくともしない。

ゆるゆると腰を揺らしながら雄芯が何度も往復して、詩子の体温が再び高くなる。

「んっ……ぁ……は……ん……」

「ほら、力抜けって。その方が辛くないから」

力を抜く？　具体的にどうすればいいかわからなくて戸惑っていると、熱塊の尖端が熱く潤んだ蜜口に押し当てられる。

「あ」

「少しだけ我慢して」

諒介は詩子のこめかみに軽く唇を押しつけると、グッと腰を押しつけてきた。

怖い。そう感じる前に蜜口が左右に引っ張られるような激痛を感じて、全身に緊張が走る。

「あぁ……や……い、た……んぅ……っ」

初めて隘路を開かれる痛みに、無意識に華奢な足がシーツを蹴り上へと逃げようとするけれど、諒介の身体の重みが増して押さえ付けられてしまう。

「や、やぁ……諒ちゃ――ぁあっ……っ！」

さらに裂かれるような痛みに、一瞬で額に汗が噴き出してくる。

――こんなに痛いだなんて聞いていない。友達の話では最初は少し痛いけれど、すぐに気持ちよくなると言っていたのに。

身体の下でジタバタと暴れる詩子を抱え込むようにして、諒介は掠れた声で囁いた。

「ごめん。あと……ちょっと、だから」

まだ終わりではないらしい痛みに、諒介が苦しそうなことにも気づかず、涙が勝手に溢れてくる。

「あっ、あっ……いやぁ……っ」

引き裂かれる痛みと、ジワジワと迫ってくる圧迫感に詩子が頭を仰け反らせると、諒介は喉元に顔を埋めるようにして詩子を強く抱き締めた。

「ああ――ぁ……っ！」

一気に深く貫かれて、身体がバラバラになりそうな痛みに夢中で諒介の身体にしがみついた。

「ほら、全部入った……わかるか？」

そう言われても下肢のズキズキとした痛みばかり感じてよくわからない。

「わ、わかんない……っ、痛い……だけで……」

次から次へと涙が目尻から流れて、耳朶へと滑り落ちていく。

「じゃあ、見てみたら？」

「え？」

諒介が繋（つな）がったままの身体を揺すり上げるように詩子の腰を持ち上げる。ほんの少しの動きにも鈍痛を感じて、詩子は顔をしかめた。

「や……ッ、動かないで……っ」

「ほら」

そう言って下肢に視線を向けた諒介に誘われるように、ほんの少し頭をもたげて下腹部を見る。

「あ……！」

詩子の蜜が絡んだ雄芯が薄い恥毛の中に沈んでいる生々しい光景に、頭に血が上りクラクラと眩暈を覚える。

諒介はそんな詩子に見せつけるように腰を支えたまま肉塊をゆるゆると出し入れしてみせた。

「あ……くっ、ん………っ！」

鈍い痛みに混じって、一瞬だけ身体がふわりと浮き上がるような感覚に襲われる。さっき諒介に指や唇で愛撫されたときに感じた快感に似ていて、諒介を受け入れた中がヒクヒクと痙攣するのを自分でも感じてしまう。

こんなに痛いのに、恥ずかしい行為を喜んでいるようで、自分の身体はどうかしてしまったようだ。

「や。あんまり、動かないで……っ」

「どうして？」

「だって、痛い、し……」

「その割には」

そう言うと諒介は少しだけ乱暴に腰を揺らした。

「ひぁ……ん、やぁ……っ」

再び感じる強い刺激に詩子は胸を仰け反らせた。

「詩子の中が、俺のことをぎゅうぎゅう挟み込んでくるんだけど」

「へ、変なこと言わないで……っ」

「どうして？　少しは気持ちいいんじゃないの？」

「……そ、そんなのわかんない。だって、まだ痛いもん」

確かに少しは気持ちがいいけれど、やはり身体の奥には鈍い痛みがあってこれ以上動いて、またさっきの痛みを味わうのが怖い。

「じゃあ……キスしようか」

諒介はそう言って詩子の頭の両脇に肘をついた。

裸の身体が押しつけられて、詩子の柔らかな胸が諒介の硬い胸に押しつぶされる。詩子がその身体の熱さにドキリとした瞬間、諒介の唇が詩子のそれに重ねられた。

さっきの奪うような乱暴なキスではなく、優しく唇を重ねたり下唇を吸い上げたりと、甘やかすようなキスに頭の中が蕩けてしまう。

さっきまで泣きたいほどだった痛みが癒やされていくようで、強ばっていた詩子の身体から少しずつ力が抜けていく。

キスをしながら小さく腰を揺らされて、詩子はほんの少しだけ鼻を鳴らした。

「んん……っ」

「ごめん、まだ痛い？」

「ううん、へーき」

ズキズキと感じていた痛みとは別に、さっきから自分の中で諒介の熱がドクドクと脈打つのを感じていて不思議な感じだ。

それに諒介が詩子に痛みを感じさせないように努力しているのがわかって、もうしわけない気持ちになる。

詩子の少ない知識でも、男の人は腰を動かしたりしないと気持ちが良くなれないことぐらいはわかる。

「あの、少しなら動いてもいいよ。が、我慢するし」

詩子は諒介を見上げて、おずおずとそう口にした。

本当はまた痛くなるのが怖いけれど、諒介が気持ちよくなれるのなら、少しぐらい我慢できる。

詩子にしては殊勝な言葉に聞こえたのか、諒介はちょっと眼を見張り、それからチュッと唇を吸い上げた。

「じゃあ、少し動いてもいい？」

少しの基準がわからないまま小さく頷くと、諒介の唇がニヤリと歪んだ。

「!!」

この笑いはまずい。詩子が訂正しようとあげかけた声は、突然の強い刺激に遮られてしまった。

諒介が詩子の片足を肩の上に担ぎ上げ、そのまま覆い被さるように体重をかけてきたのだ。

「あ……っ」

グッと繋がりが深くなり、もうこれ以上ムリだと思っていた身体の奥に諒介の雄芯が突き刺さってくる。

お腹の奥から四肢にまで痺れのように快感が広がって、身体が勝手に震えてしまう。諒介はそんな詩子の表情を覗うようにしながら、ゆっくりと腰を引き戻し始めた。

「ひぁ……っ！」

さっき侵入してくるときは痛みしか与えてくれなかった熱塊が、ぞわりとした快感を残しながら詩子の身体から引き抜かれ、また押し戻される。

「あっ……ああっ、そんなに……動いちゃ……ああっ」

少しだけと言ったのに、諒介は何度も繰り返し自身を引き抜いてはまた押し戻す。そのたびに詩子は背を反らせて喘ぎ声を上げてしまう。

「もう、痛くないだろ？　さっきから詩子の中がビクビクして、俺に吸い付いてくるみたいだ」

「あぁぁっ！」

ずんずんとお腹の奥まで響いてくる衝撃に、言い返そうにも言葉が出てこない。

なんとか頷き返すけれど、それよりもこの身体を突き上げられる感覚が怖い。まるでジェットコースターの一番上から突き落とされるようなゾッとするような快感に、涙が出てくる。

「あ……あっ……や、苦し……の……もぉ、抜い……てっ」

諒介が腰を動かすたびに下肢からグチュグチュと淫らな音が聞こえてきて、それが自分の身体から流れる蜜のせいなのだとわかる。

「ダメ。そんなにカワイイ声だして、手加減できるわけないだろ」

諒介がグッと詩子の身体を折り曲げて、頭を近づけると耳元で囁いた。

「……っ！」

諒介の口から何度も〝カワイイ〟などと聞かされるだけで、身体の奥がキュンと痺れて、諒介のことを締めつけながら腰が揺れてしまう。

「んっ……今、中がキュッと締まった」

からかうような諒介の声に恥ずかしくなる。

「詩子はカワイイって言われると感じるんだ？」

「う、うそ……っ」

「嘘じゃない。じゃあ試してみるか？」

詩子が首を振って断る前に、耳朶に唇を押しつけられる。

「詩子、カワイイよ」

「……っ！」

反応したくないのに、身体の奥がキュウッと収縮するのがわかる。

こんなに深くつながっているのだから抵抗しても無駄だとわかっているのに、顔から火が出そうなほど恥ずかしいのは変わらない。

「……嘘じゃないだろ？」

そう囁いた諒介の声は掠れて、少し呼吸が苦しそうに聞こえた。

「それに初めてなのに、こんなに濡らしてる」

腰を乱暴に動かされて、詩子は諒介の身体にしがみついた。

「も……イジ、ワル……しない、で……っ」

「意地悪じゃない。可愛がってるだけだろ」

諒介は小さく笑うと、再び律動を始める。

グチュグチュと淫靡な水音をたてながら身体の奥から溢れた粘液が外へと掻き出されて内股を伝い落ちていく。

さっきよりも硬さを増した雄芯が蜜口ギリギリまで引き抜かれ、再び最奥を突き上げられる。

「あっ……ああっ、ん……や……ぃやあぁ……っ」

狭い蜜洞を繰り返し犯されるにつれて、鈍痛を感じていたはずのそこはそれよりも強い快感に支配されていた。

「こんなに感じてるのに、まだイヤなのか？」

諒介はそう掠れた声で囁きながら、乱暴に詩子の中を突き上げる。

「ひ……っんん……っ」

強い衝撃に膣壁が震えて、熱い欲望を強く締めつけてしまう。

「ほら……また、きつくなった。詩子は激しくされるのが好きなんだ」

「あっ……も、言わない、で……んぁ……ああっ」

何度も腰を振りたくられて、もう下肢が快感でおかしくなりそうだ。

頭の芯が痺れて、身体が熱くてたまらない。少しずつ上がっていく体温に自分の血液が沸騰しているのではないかと不安になってしまう。

「あ……はぁ……んんっ、んっ」

鼻から熱い息が漏れて、身体の奥から大きな波が押し寄せてくる。切ないぐらい下肢が

収斂(しゅうれん)して、身体が大きく跳ね上がる。

「ダメ……ホントに、あっ……おかし……ああン!!」

抽挿のたびに大きくなっていく波を逃がしたくて、無意識に踏ん張るように足に力を入れると、諒介がそれを察したようにブルブルと震える詩子の足首を掴み、腰を浮かせて折りたたむように身体に押しつけてしまう。

「ああっ」

「いいよ、イッても」

力を入れて誤魔化すことのできなくなった下肢が快感に支配される。

「いや、いや、こわ、い……あ、あっ、あああっ!!」

すすり泣くような詩子のよがり声に諒介の荒い呼吸が重なり、次の瞬間広い胸の中に抱き締められて呼吸が出来なくなった。

「ああぁ……あ――っ！」

身体の中から酸素を全て搾り取られてしまったような苦しさと、自分の意思とは関係なく痙攣し続ける身体に、もうなにも考えられない。

背骨も蕩けてしまったみたいに身体がグニャグニャとして力が入らなかった。骨抜きとはこういうことを言うのかもしれない。詩子は霞(かすみ)がかかった意識の中で、ぼんやりとそんなことを考えた。

＊＊＊

翌朝。諒介の腕の中で目覚めた詩子は、自分がどこでなにをしていたのかを思い出して飛び起きた。

裸の身体から諒介の腕が滑り落ちていくのを見て、慌てて上掛けを引き寄せて身体を覆う。それから昨夜の出来事を思い出して真っ赤になった。

家を飛び出したときはこんなことになるとは思っていなかったのに、しっかり諒介と一夜を過ごしてしまった。それもとびきり淫らで、昨日までの詩子の想像力と知識では考えられないような濃厚な一夜だ。

一瞬だけ夢ではないかと疑ったけれど、下肢は昨晩の喪失の名残でズクズクと痛むし、なによりまだ諒介が自分の中にいるような異物感さえリアルに感じる。

それを思い出したらまた顔が燃えているように熱くなって、大変なことをしてしまった恥ずかしさにひとり身悶えしたときだった。

「んー……」

寝返りを打ったかと思うと諒介の腕が伸びてきて、上掛けの中に引っ張り込まれる。

「お、おはよ」

お互い裸でいることが恥ずかしくて、詩子は小さく声をかけた。

「ん。おまえ、いつもこんなに早く起きるの？」

そう言った諒介の目はまだ閉じていて、時計を見ていない。自分の感覚で早いと思っているのだろう。

「もう七時だもん。それに喜久川を手伝ってたときは、庭掃除があったからもっと早く起きてたし」

「……今日休みだろ？　もう少し寝とけって。身体は？　大丈夫？」

「……へーき」

頭を抱え込むように裸の胸に抱き締められて、鼓動が速くなる。

好きな人と眠るのもこうして目覚めるのも初めてで、こんなときどんな態度をとればいいのかわからない。詩子はなんだか照れくさくて、広い胸に額をグリグリと押しつけた。

「諒ちゃん、今日は出かけるって言ってたじゃん」

「んー……あと、少し……」

そう言うと、スースーと寝息が聞こえてくる。

日本に戻ってきてすぐに新館の支配人を引き継いだし、毎日忙しくしていたから疲れているのだろう。

詩子は次第に緩んでくる腕の中から、そっと諒介の顔を見上げた。うっすらと髭(ひげ)の生えた顎に薄く開いた唇。詩子が思っていたよりも長い睫毛(まつげ)が呼吸をするたびに小さく震える。

こんなに近くで、しかも本人に気づかれずに顔を見るのは初めてかもしれない。

昨夜の少し強引な諒介は詩子の知っている諒介とは別人になってしまったと感じたけれ

ど、目の前で眠っている顔は子どもの頃と変わらない。

夏休みの午後、宿題をやっているうちに遊び疲れて眠ってしまったあのときと同じだ。

自分以外の誰かにもこんな無防備でカワイイ姿をみせたことがあるのだろうかと、ふと小さな疑問が詩子の頭をもたげた。

諒介の方が年上で、他の人と付き合っていたのも知っている。だから他の人と一緒に眠ったことがあったり、諒介が女性のことをよく知っていたりしても仕方がないとわかっているつもりだった。

でも実際にこうして諒介の側に一歩近づいてみると、自分以外の誰かがこんな姿を見たことがあると思うと、少し悔しい。

まるで小さな頃、諒介が同級生とばかり遊んでいてかまってくれないと悲しかったあのときの気持ちに少し似ている。

諒介を独占していたいという子どもっぽい自分の感情に驚いて、それから少し面倒くさいと思ってしまう。

今まではそんなことを考えたことなどなかったけれど、これからは些細（ささい）なことで諒介のことを疑ったり、誰かと一緒だと嫉妬をしてしまったりするのだろうか。

幼なじみだから気安く言えていたわがままも恋人同士だと、相手に嫌われたらどうしようと考えて遠慮をしてしまうものなのだろうか。

「……」

さっきまで少し恥ずかしくて幸せな朝だったはずなのに、考えすぎて頭の中がぐちゃぐちゃになってくる。

それなのにその原因である諒介が目の前ですやすやと気持ちよさそうに眠っているのはズルイ。

手を伸ばして諒介のすっきりとした鼻梁を摘まむと、すぐに諒介が煩わしそうに詩子の手から逃げようと頭を揺らした。

「……ん、んん！　こら、詩！　いたずらすんな！」

グッと頭を押さえつけられて、上掛けの中に押し込まれる。

「起きてよ～今日はなんか美味しいもの食べに行こうって言ったじゃん」

「だからって鼻摘まむことないだろ。もっと優しく起こせって」

上掛けの中から顔を出すと、今度は諒介の目もちゃんと開いていて、壁の時計をしっかりと捉えていた。

「こんなに早く出かけたって、どこも開いてないだろ。おまえ一回家に帰って着替えてくれば？」

「やだよ。しかも今帰ったら、朝帰りっぽいじゃん」

「いや、普通に朝帰りだから。一人で帰れないなら一緒に行って謝ってやろうか？」

「そんなことしたら、おばあちゃんになに言われるかわかんないよ」

詩子は昨夜の蓮子の言葉を思い出して、頬を膨らませた。

「時間がたった方が帰りにくくなるぞ？」

「わかってるってば！　あと少しだけここにいるの！」

もう少し甘えていたいという気持ちに気づいて欲しい。詩子は裸の身体にしがみついて、胸に頬を押しつけた。

「わかった」

大きな手が詩子の頭をポンポンとあやすように叩く。詩子はホッとして裸の胸にさらに強く頬を押しつけた。

「……好き」

思わず小さく呟いてしまった言葉に自分でもドキリとして、詩子は肩を震わせた。

「ん？　なに？」

「な、なんでもない」

諒介に聞こえていなかったことにホッとため息を漏らすと、大きな手が思わせぶりな手つきで背中を撫でた。

「……んっ」

くすぐったさに身動ぎすると、手のひらがウエストからお尻のラインを滑り降りた。

「諒ちゃん？」

身体を撫でる手の熱さに、昨日の愛撫の記憶がよみがえってきて、身体の奥の方がムズムズしてくる。

なった。

「まだ出かけるには早いだろ？」

詩子が見上げると、甘い笑みが浮かんだ唇に口づけられてそれ以上なにも考えられなくなった。


結局朝から諒介に抱かれてしまい、昼近くまで二人で二度寝をしてしまった。

詩子は午後からでも出かけたいとごねたけれど、諒介が頑として首を縦に振ってくれず、出岡から少し離れたカジュアルなイタリアンレストランでランチをすると、そのまま家の前まで送りとどけられた。

幼なじみから男女の関係になると、なにか変わるのかと漠然と考えていたけれど、昼間の諒介はベッドの中での甘さのかけらも見せずいつも通りだった。

「まだ明るいのにっ」

エンジンを止める諒介の横顔に、詩子はふて腐れて訴えた。諒介は少しでも一緒にいたいと思ってはくれないのだろうか。

「ばか。昨夜から出歩いてた人間の台詞じゃねーだろ。今日はもう大人しくしてろよ」

「えー諒ちゃんもお休みでしょ。そうだ！　光ちゃんとこ飲みに行こうよ！」

「ダーメ。光一のところはいつでも行けるだろ。それに昨日はろくに寝かせてやれなかったし、今朝もムリさせちゃったし？」

諒介は詩子に向かってニヤリと笑うと、膨れていた頬を長い指で弾いた。

「明日も仕事なんだから今夜は早く寝なさい」

　ほんの少し触れた諒介の指先の体温に、急にベッドの中でのことを思い出させられて狼狽えてしまう。

「じゃ、じゃあまたね」

　ほんの少しの仕草で赤くなってしまうのが恥ずかしい。

　詩子が早口で呟くと、諒介が身を乗り出してきて、チュッと音を立てて唇を吸いあげた。昨夜のキスのように濃厚ではないけれど、優しくて甘い、蕩けてしまいそうなキスにカッと頭に血が上る。

「り、諒ちゃん…っ⁉」

　まだ外は明るくて、駐車場なんてどこで誰が見ているのかもわからない場所でのキスに詩子は思わず周りを見回した。

「誰も見てないって」

　諒介は笑いながら詩子の頭をクシャクシャッと撫でる。

「じゃあな。蓮子さんと早く仲直りしろよ」

「……それは約束できないけど」

「はいはい」

　詩子はもう赤い顔を隠すのを諦めて車を降りると、黒いSUVが走り去るのを見送った。

　諒介はなにも言わなかったけれど、次もこうして二人で会ってくれるのだろうか。一人になった詩子はそんなことを考えた。

せっかくの休日は食事をするだけになってしまったが、二人で出かけた時間はあっという間でとても楽しかった。

恋人同士ならデートと言うことになるけれど、それが周りに知られるのは少し恥ずかしい。

このまま付き合えばすぐに出岡中の人が知ることとなるだろうし、結婚がどうのと噂されるかもしれない。

結婚したい相手と言えば諒介しかいないと言い切れるが、今すぐしたいかといわれたら、まだよくわからない。ただ一緒にいたいという気持ちだけが盛り上がっている感じだ。

それに諒介の気持ちがわからないのも不安だった。

何度もカワイイと言ってくれたのに、一度も好きだとか愛しているとは言ってくれなかった。

「うーん」

今度二人になったらちゃんと聞いてみよう。

詩子はそう心に決めると、人気のない裏庭から誰にも見つからないようにこっそりと自分の部屋に戻った。

さすがに朝帰りはばつが悪くて、問い詰められたらどういいわけをしようかと思っていたから、母屋の廊下でばったりと母に出くわしたときは冷や汗が出た。

「あら、あんた今日は休みだったの？」

てっきり蓮子から家を飛び出したことを聞いていると思っていた詩子は、母の反応に拍子抜けしてしまう。

蓮子にとっては詩子が一晩どこにいようが、話題にする価値もないということなのだろうか。

怒られなくてホッとしている反面、もう喜久川には自分の居場所がないのだと感じて悲しくなった。

7　ライバルはキャリアウーマンです！

「詩ちゃん、ちょっと来てくれる～？」

本館のロビーで花を生けていた詩子は、百合子に呼ばれてその手を止めた。今日は出岡温泉郷女将会の日で、百合子は朝から出かけていたのだ。

相変わらず百合子は詩子を側に置いておくと聞かず、諒介は渋々詩子を本館に貸し出すことにした。というか、百合子の相手を詩子に押しつけたと言った方が正しいのかもしれない。

幸い本館は古参の従業員が多く、百合子の性格も詩子のことも知っていたから、特に大きな問題もなく詩子を受け入れてくれていた。

むしろ喜久川という生粋の老舗旅館育ちの詩子に一目置いてくれているようで、もうしわけないぐらいだ。

「ロビーのお花は詩ちゃんに任せるわね。お花は小さなときから蓮子さんに仕込まれているから安心だわ」

「あ、今日のお昼に女将会があるんだけど、今日は到着の早いお客様がいらっしゃるの。

お出迎えに間に合わなかったら詩ちゃん、よろしくね」

「あら大変。花菱(はなびし)の間のお客様にこれ届けてくれる？　このあたりの美術館のパンフレットと割引券なの。説明して差し上げてね」

この調子で日々任される仕事が増えていくのは心配だけれど、百合子が詩子を信頼して可愛がってくれているのが伝わってくるから、居場所がないと感じている喜久川と較べて居心地は良すぎるぐらいだ。

祖母や母の仕事ぶりを見ていたから知っているつもりだったけれど、女将の仕事は色々と煩わしいことや雑務が多いことも知った。

百合子は天然で一見のんびりしているように見えるけれど、その性格がしっかりと旅館にも現れていて、そのマイペースな感じがお客様を寛がせるらしい。

喜久川は蓮子のしゃんとした気性のせいか、細い糸が張り詰めたような緊張感がある。その高級さを味わいたいお客様もいるからこそ喜久川が賑(にぎ)わっているのだけれど、詩子は海扇館の少しほんわかした空気の方が好きだった。

それに百合子は蓮子とは違い詩子に丁寧に仕事を教えてくれる。蓮子は見て覚えろ、教わるのではなく盗めというタイプで、跡取りとして育てられた割に旅館の仕事を手取り足取り教えてもらった記憶はなかった。

旅館によってこんなにカラーが違うからこそ、お客様はお気に入りの旅館があったり、あちこちに泊まってみたくなったりするのかもしれない。

なんだか本当に若女将修行をしていて、もしこのまま諒介と付き合ったら、そういうこともあり得るのではないかと期待してしまいそうになる。

諒介はこの状況をどう思っているのだろう。本気で詩子との付き合いを考えてくれているのか、それともなにも考えていないからこそ、気軽に詩子を本館に貸し出しているのか。

そんなことを考えながら帳場に戻ったから、

「詩ちゃん、今日諒介に会った？」

百合子にそう聞かれて、驚いて飛び上がりそうになった。

「え⁉　いえ、来てないですけど……な、なにか？」

やましいことなどないのに、頭の中を見透かされたようでドキドキしてしまう。

「あら、珍しいわね。詩ちゃんがこっちに来てから、諒介毎日本館に顔出すじゃない？　やっぱり詩ちゃんのことが心配で仕方がないのね～って思ってたんだけど」

百合子は笑いを含んだ目で詩子を見た。

「それって、仕事で失敗しないか心配してるってことですよね？」

アルバイトとはいえお給料をもらっている大人なのだから、そういう心配をされるのはなんだか情けない。

「そんなことないわよ。あの子ああ見えて昔から気が小さいし、とにかく心配性なの。ほら、例えばみんなで食事に行って、どの店で食べようかってなるじゃない？　それで『なにが食べたい？』って聞かれると、真っ先に食べたいものが言えない子なの。もし自分の食べたいものが、他の人の嫌いなものだったらどうしようとか考えちゃって。結局『じゃあ〇〇にしましょうか』って言われて、それにあわせちゃうの。一人っ子なんだからもっとわがままでもいいと思うんだけど」

いつも自由に生きている百合子は、理解できないとばかりに肩を竦めた。

「あ〜疲れちゃった。詩ちゃん、お菓子いただいたから一緒に食べない？」

「じゃあ私、お茶淹れますね」

「あ、今日は緑茶ばっかりだったから、お紅茶がいいな」

「はーい。なににしますか？」

百合子が紅茶好きなことから、帳場にはガラスのティーポットと何種類かの茶葉が常備されている。

詩子は電気ケトルのスイッチを入れ、紅茶の缶が入っている棚に手を伸ばした。

「んー水羊羹だから、ダージリンのファーストフラッシュにしましょ」

「もしかして、吉野さんの？」

「そうよ。今年の夏の限定品ですって。女将会で試食をお願いしますって、ご主人が持ってきてくださったの」

「やったぁ！」

吉野はこのあたりでは老舗の和菓子屋で、喜久川でもお客様が到着したときにお出しする抹茶のお茶請けを頼んでいた。

「お待たせしました～」

二人分の紅茶を淹れて、帳場の奥の応接セットに運ぶ。百合子はグリーンの布張りの少しレトロなソファーにすでに腰掛けて、水羊羹をお皿に取り分けていた。

「あー美味しい」

百合子は紅茶を一口飲んで心底ホッとしたようにため息をついた。

「女将会の話し合いって長いのよね～」

「今日の議題はなんだったんですか？」

そういえば蓮子もよく女将会の話し合いが長すぎると愚痴っていたのを思い出しながら百合子を見た。

「お祭りと街おこし企画のあれよ。女将会は婦人会と一緒に今年もまかないとか裏方でいいんじゃないかって意見と、街おこしも兼ねているんだからなにか新しいことを提案した方がいいって意見が分かれてね。だからって、簡単に新しい企画なんて思い浮かばないじゃない？　それでいろいろ話し合っているうちに長引いちゃって」

「そういえば、保っちゃんたちも青年会で新しい企画を考えなくちゃいけないって言ってました」

「そうそう。長老会の命令でね、婦人会も壮年会もみーんな声がかかってるんですって」

百合子はそう言いながら、水羊羹を切り分けて口に運んだ。

「あら、美味しいわ～。来月から発売って言ってたから、お客様にもお勧めしないと。ねえ、詩ちゃん、なにかいいアイディアないかしら」

「うーん、そうですねぇ。長老会が声をかけてるってことは、年配の人も納得する企画ってことですよね」

詩子が紅茶のカップを手に考え込んだときだった。

「女将、いますか？」

視線をあげると、諒介がのれんを押して入ってくるところで、その後ろにはスーツ姿の綺麗（きれい）な女性が立っている。

「どうぞ」

諒介が腕でのれんを押さえると、その女性はその腕の下をくぐるように帳場に入ってきた。

「東京からお客さんが来てるから、女将にも紹介しようと思って」

そう言うと、諒介は女性に向かって笑いかけた。

その女性に対する詩子の第一印象は〝カッコいい〟だった。

シンプルなワンレングスのボブヘアの片側だけを耳にかけているせいか、シャープな顎のラインが際立っている。

それにスーツと言っても詩子が持っているいかにもリクルートというデザインではない。ショート丈のジャケットの中は襟を立てた白いシャツで首筋が綺麗に見える。それにローライズのパンツがピタッとウエストラインに張り付いていて、スタイルに自信がなければ着ることができないデザインだ。

まるでドラマに出てくる仕事のできる女上司というスタイルの美女に目を奪われてしまう。

詩子が憧れていたのはこんな女性だ。自分も就職したら、こんなふうに働けるんじゃないかと想像していた理想が目の前に現れたみたいだった。

「俺の大学の友人で、安藤里佳さん。今は東京のロイヤルキャッスルでコンシェルジュとして働いてるんだ。ホテル経営に興味があって、うちのホテルを見てみたいって言うから招待した」

ロイヤルキャッスルと言えば、詩子でも知っている海外の主要な都市には必ず展開されている高級ホテルだ。

ラグジュアリーでかゆいところに手が届く顧客にあわせたきめ細やかなサービスは、外国からの要人や一流アーティストも好んで利用すると言われている。そこのコンシェルジュということは、彼女は相当のやり手なのだろう。

「まあ、遠いところようこそいらっしゃいました。諒介の母で百合子と申します。私はこちらの本館の女将をしていますの」

「はじめまして。安藤と申します。素敵な旅館ですね。レトロで温かみがあって。外国のお客様もいらっしゃるんですか？」

里佳は物珍しげに帳場の中を見回した。

「ええ。お問い合わせがあれば受け入れますけど、特に外国のお客様向けに宣伝はしてないの。英語で満足の行くサービスができるスタッフもいないし、逆にお客様にご不便をおかけしてしまうでしょう」

「そんなことないですよ。最近はそういう言葉が通じないところも楽しむお客様が増えていますから、日本らしくていいと思います。お母様さえ良ければ、うちのお客様をご紹介したいぐらいです。日本文化を知るためにこちらのようなレトロな旅館を探されるお客様も多いんですよ。それに諒介さんが帰ってきたんですから、これからはそういうお客様の受け入れも安心なんじゃないですか？」

水も漏らさぬとはこのことかと、すらすらと自分の考えを口にする里佳を、詩子はあっけにとられて見つめた。

いかにも都会のキャリアウーマンと言った態の里佳に、圧倒されたとでも言えばいいのだろうか。だから百合子に突然話を振られて、とっさに返事をすることができなかった。

「そおねぇ。詩ちゃんはどう思う？」

「へ？」

今の会話の中に、自分が発言しなければならない箇所などあっただろうか。目をパチパチとしていると諒介が眉を寄せて詩子の顔を覗き込んだ。

「詩、どうした？　具合でも悪いのか。さっきからおとなしいじゃん」

「だ、大丈夫。ちょっとぼんやりしてただけだし」

「どうせ今日のまかないはなにかな～とか考えてたんだろ？」

軽く頭を小突かれて、詩子はムッとして諒介を睨みつけた。

「違うもん！　お仕事の話だから邪魔しちゃいけないと思ってただけだし！」

詩子がプイッと顔を背けると、こちらを見ていた里佳と目が合った。

「もしかして、あなたが詩子ちゃん？　諒介がいつも話しているお隣さんでしょ？　諒介、ここで働いてるなんて言ってなかったじゃない。私、てっきりアルバイトの仲居さんかと思っちゃったわ」

里佳は詩子に向かってにっこりと微笑みかける。

「お着物、とっても似合ってるわ。旅館の雰囲気にぴったり。とっても若く見えるんだけど、歳を聞いてもかまわない？」

「に、二十三ですけど」

「あら、若く見えるから高校生ぐらいかと思ったわ」

さらりと言われて、詩子はうまい返しが思い浮かばなかった。

悪気はないのだろうけれど、なんとなく子どもっぽいと言われたような気がしてしまう。

その気持ちは表情にも出ていたようで、それに気づいた里佳が慌てて付け足した。

「あ、別に意地悪で言ったんじゃないのよ。諒介ったら、いつも小さな女の子みたいな言い方するから、私が勝手に思い込んじゃってたの。ごめんなさいね」

「はあ」

里佳がさらりと〝諒介〟と呼び捨てにしたのを聞いて、なぜか胸の奥がチクリと痛んだ。

ただ、名前を呼んだだけだ。他の人も諒介を呼び捨てにするし、今まで一度もそんなことを気にしたことはない。

それなのにどうして里佳が名前を呼んだだけでこんな気持ちになるのだろう。自分が里佳のように呼び捨てにしたことがないからかもしれない。

「詩ちゃん？　そろそろ仕事に戻りましょうか。早いお客様はそろそろおつきになるわ」

「あ、はい！」

「せっかくの休憩時間に悪かったな。とりあえず安藤さんには何日か滞在してもらうつもりだから、よろしく」

「お世話になります」

諒介の隣で里佳が頭を下げた。二人が並んでいるのが妙に自然で、詩子の胸はまた少しだけ痛んだ。


「ね～詩ちゃん。諒介と里佳さんってどんな関係なの？」

「は？」

ロビーの絨毯（じゅうたん）に掃除機をかけていた詩子が振り返ると、拗（す）ねたように唇を尖（とが）らせた百合子が立っていた。なぜか手をギュッと握りしめて、怒っているようにも見える。

「あの二人、仲良過ぎじゃない？」

「ええっと」

掃除機のスイッチを切りながら、諒介と里佳の顔を思い浮かべた。百合子はここ数日二人が連れ立って館内を歩いたり、あちこちに出かけていることが気に入らないらしい。

「今ね、銀行に行ってきたんだけど〝華乃屋(はなのや)〟の女将さんに声をかけられたのよ。『諒介君もいよいよ結婚ね。東京から自分でお嫁さんを連れてくるなんてさすがだわ』なんて言われちゃって」

その噂(うわさ)は詩子の耳にも入っている。というか、従業員たちから直接尋ねられたこともあるぐらいだ。

確かに二人連れだって新館の中を歩き回っている姿は、仕事というより恋人同士とか新婚夫婦にもみえなくはない。

幸い本館にいる詩子は二人が並んでいる姿を目にすることはほとんどないけれど、華乃屋の女将さんが目撃しているということは、一緒に出岡の街中を歩き回っているのだろう。

里佳は女の詩子でも憧れてしまうほど美人だし、都会のキャリアウーマンという感じに圧倒されて、なんだかこちらからは話しかけづらい。

「詩ちゃん！　実際のところどうなの、あの二人！　というか、あなたたち二人、どうなってるのよ！」

「ええっ⁉」

突然矛先を向けられて、詩子は掃除機を放り出しそうになった。

「べ、別に……」

諒介と男女の関係になったけれどそれは一晩だけのことだ。まだみんなの前でおおっぴらに付き合っていると宣言したわけではないし、そもそも、諒介に付き合おうとか好きだという言葉さえ言われたことがないのだ。

この様子だと諒介も百合子に話していないようだし、詩子が勝手に言ってはいけない気がする。それに、百合子にそういう関係になったことを知られてしまうのはまだ恥ずかしい。

詩子はそこまで考えて、ふと不安を覚えた。

もしみんなの噂通り、諒介が里佳を恋人として出岡に呼び寄せていたとしたら？　自分との関係は気まぐれで、日本に帰ってきて退屈だったから、幼なじみをかまってやろうぐらいの気持ちだったということはないだろうか。男はみんな下心があると自分でも言っていたぐらいだ。

詩子の知っている諒介はそんなことはしないと思うけれど、諒介のすべてを知っているわけではない。

里佳と二人でいる諒介を見て、それを思い知らされたのだ。諒介は自分以外の人と一緒でも、楽しそうに笑っている。

諒介のことを身近で見てきて、一番長く一緒にいたのは、家族以外では自分だという自負はあるけれど、それは諒介のことをなんでも知っているのとは違うのだと気づいた。

大学で一緒に過ごしたという里佳は、詩子の知らない諒介を知っていて、二人の間にはなにかしらの絆(きずな)が見える。うまく言えないけれど、同じ目的を持つ同志のようなものだ。だから里佳のあの堂々とした雰囲気に脅威のようなものを感じて話しかけづらいと思ってしまう。

こんなの自分らしくない。今まで諒介に言いたいことを我慢することなどなかったし、なんでも聞ける相手だった。

人を好きになると、今までの自分とは別の人間になってしまうのだろうか。

「あの里佳さんって美人だし仕事もできそうだけど、うちの本館のイメージじゃないのよね。シティホテルとか高級リゾートのコンシェルジュって感じじゃない？　それに比べて詩ちゃんは生粋の出岡っ子で、旅館で育ったお嬢さんでしょ。私はね、できれば諒介のお嫁さんにはこの本館の女将をやって欲しいのよ！　私の言いたいこと、詩ちゃんならわかるわよね？」

百合子はそう言うと気迫に満ちた眼差しで、詩子の顔を覗き込んでくる。両手で肩をがっしりと摑(つか)まれて逃げ出せそうにない。

「あの……えっと、そうですね」

本当はどうして百合子がこんなに熱くなっているのかわからないけれど、曖昧な笑いを返す。

「嬉しいわ！　詩ちゃんがわかってくれて!!　大丈夫よ、私は詩ちゃんの味方だから！　いいわ、私にいい考えがあるの。任せてちょうだい！」

百合子はそう言うと詩子から手を離し身を翻して帳場の中へ走って行く。

「ゆ、百合子さん？」

「いいのいいの！　詩ちゃんはなにも心配しないで。やっぱりみんなで幸せにならなくちゃ！」

のれんの向こうでそんな声が聞こえたけれど、大丈夫だろうか。

もうしわけないけれど、百合子に任せるとなんでもないことも騒ぎになりそうに思えてならない。

「百合子さん！　ちょっと待ってください！」

詩子は掃除機を放り出すと慌てて百合子の後を追った。

「まずいな〜」

詩子は書類が入った封筒を手に、本館から新館への渡り廊下を足早に歩いていた。

結局百合子がなにをしようとしているのか聞き出そうとしたのに、逆に仕事を言いつけられて追い出されてしまったのだ。

諒介に一言警告をしておいたほうがいいかもしれないが、噂の張本人に言うのも気まずい。そもそも、諒介と里佳が付き合っているのかいないのかが噂になっているのだ。

しかも詩子も一晩だけとはいえ諒介と身体の関係を持ったばかりで、自分も渦中の人と言えなくもない。

「うーん。やっぱまずいな～」

いいアイディアが浮かばないまま新館までやってくると、ロビーの客はまばらだった。新館は昼食付きの日帰り入浴プランがあるのだが、平日ということもあり、ロビーやラウンジは空いているようだ。

詩子はその様子を横目で眺めながら事務所の扉を叩いた。

「失礼しま～す」

声をかけながら中に入ると、奥のソファーで顔を上げた諒介と目が合った。

新館の事務所は本館と違い事務机が整然と並んで、会社のオフィスのようだ。そのデスクで仕事をしている人はスーツや制服を着込んでいて、一人着物姿の詩子が異質にすら見える。

「詩」

諒介に名前を呼ばれて近づくと、ソファーの向かい側には里佳が座っていて、机の上には書類が広げられている。

「どうした?」

「あ、これ。百合子さんから新館に届けるように預かってきたの」

詩子が手にしていた封筒を差し出すと、諒介は中身をチラリと見て頷いた。

「サンキュ」

「どういたしまして。里佳さん、お仕事の邪魔してごめんなさい」

今日も襟を立てたワイシャツに黒のシックなパンツスーツ姿でソファーに座る里佳は、やはり女性から見てもカッコいい。

詩子が小さく頭を下げると、里佳は微笑みながら首を横に振った。

「あら、いいのよ。そんなに込み入った話じゃないし」

「そうだ、ちょうど良かった。詩子もなにかいいアイディアないか？」

「アイディア？」

首を傾げると、諒介が身体をずらして、自分のソファーの隣を空けてくれる。

「ありがと」

なんとなく邪魔者のような気がしたけれど、詩子は勧められるまま、諒介の隣にちょこんと腰を下ろした。

「今さ、里佳にも例の街おこしの企画を相談してたんだ」

「ああ」

さりげなく諒介が〝里佳〟と呼び捨てにしたことにドキリとしながら頷いた。

そういえば保の店でも青年会が企画を考えていると言っていたし、百合子も女将会で企画を考えていると話していたけれど、まだ決まらないのだろうか。

「おまえ、なにか考えてることってある？」

「わ、私⁉」

「俺たちも色々考えたんだけど、どうしても規模が大きすぎるって言うか、地元に密着したローカルな企画にならないんだよ。な」

諒介の言葉に里佳が頷いた。

「私たち、これまでずっと大きなホテルで働いてたから感覚が違うのよね。ここでは予算も限られているからコスト面で折り合いがつかない部分もあるし」

どうやら、今の諒介の〝俺たち〟と里佳の〝私たち〟は同義語らしい。

二人の親密さと詩子の知らない諒介を見せつけられたようで、胸の奥がモヤモヤする。それになんだか出岡は田舎だと馬鹿にされた気がした。

確かに出岡は田舎だけれど、ここにはここの良いところがたくさんある。感覚が違うというのなら、さっさと都会のホテルへ帰ればいいのだ。

「……」

「詩子？」

諒介に顔を覗き込まれて、詩子はふと最近気になっていたことを口にした。

「あの、関係ないかもしれないけど、出岡って宿泊だけの街になってるなって最近思ってて。ほら、近くにマリンパラダイスとか海水浴場があるから泊まりのお客さんは来るけど、昼間って街の中が空っぽになるでしょ。お土産屋さんとか飲食店に観光客がいないの。だから旅館以外のお店とかにも利益がでるような企画がいいと思うんだよね」

「昼間の集客か」

「みんなにメリットがある企画なんて、それこそ難しいんじゃない？　例えば海扇館は日帰り企画とか新館にプールを作ったり、自分たちで予算を出して昼の顧客確保に努力してるでしょ。でもそれを街全体でやるとなると大変だと思うけど。そもそもその小売店や飲食店の人たちって自分たちでも集客の企画を考えてるのかしら」

　里佳は地元の人ではないのだからみんなに親近感がなくても仕方がない。そうわかっているのに、意見が冷たく聞こえてしまう。

　諒介がどうしてこの人に出岡のことを相談しているのかわからない。地元には地元の人間にしかわからないことがあるのに。

「里佳さんは知らないと思いますけど、青年会や壮年会、婦人会には旅館関係じゃない商店の人もたくさんいるんです。街おこし企画なんだからみんなで盛り上げられるものじゃないと、みんなも納得しないと思います」

「例えば？」

　気のせいか、里佳が挑発的に笑った気がした。

「えっと……出岡の街中全体を使ったスタンプラリーとか！」

「スタンプラリー？」

　それまで黙って聞いていた諒介が、興味ありげな目つきになる。

「うん。普通のスタンプラリーじゃなくて、年配のお客様にも喜んでいただけるように出岡七福神巡りとかさ。例えば三世代で遊びにいらして、子どもたちはマリンパラダイスや海水浴、おじいちゃんおばあちゃんはのんびり七福神巡りして、そのあとみんなで温泉とか。あ、出岡の公共露天風呂を紹介してもいいよね。ガイドブックとかにも載ってないから喜ばれるかも」

詩子は子どもの頃遊び回った神社の境内や喜久川の庭に奉られている七福神を思い浮かべた。

喜久川の庭には〝福禄寿（ふくろくじゅ）〟が奉られていて、普段は宿泊のお客様ぐらいにしか気づかれないけれど、大きなお祭りのときなどは一般にも公開されている。

他の旅館や街中にも点在しているから、自然と街中を歩き回ることになるし、飲食店や土産物屋を覗く人も増えるだろう。

「出岡の地図とスタンプラリーの台紙を一緒にして、目印のお店屋さんの説明をつけてもいいかも。あと台紙はホテルだけじゃなく賛同してくれる小売店さんで配布してもらうとか。ほら和菓子の吉野さんとか保っちゃんの店とかあるでしょ。スタンプラリーの台紙を持参の人にはサービスがあるとか、全部集めた人は自分が宿泊しているところ以外の温泉を利用できる入浴チケットプレゼントなんかもいいかも」

話し出したら次から次へとアイディアが出てきて、詩子は思いつくままのことを口にした。

「おもしろいじゃない」

そう言ったのは、意外にも里佳だった。

「詩子ちゃん、それおもしろいよ」

「そ、そうですか？」

もしかして里佳はいい人なのだろうか。詩子が一瞬そう思ったときだった。

「やっぱり私たちみたいに地元の人間じゃない人が知恵を絞っても、付け焼き刃でしかないのよね～。こっちの事情がわかってる人がいないとダメなのよ」

「俺だって地元の人間だぞ？」

「違うって。諒介は東京の大学に通って、アメリカで働いてたでしょ。その間に感覚が変わったんだと思うな。この街が変わらなかったとしてもね」

「そんなもんか？」

「そうよ。私、出岡にきてびっくりしたもん。地方のリゾートホテルの息子とは聞いてたけど、こーんな田舎（いなか）……あっ、自然に囲まれてるなんて」

慌てて言い直したけれど、明らかに出岡を馬鹿にした発言に聞こえて、詩子はその顔を曇らせた。

やっぱりこの人は好きになれそうにない。諒介がもしこの人と結婚するなんて言い出したら、百合子ではないけれど全力で反対しそうだ。

里佳は田舎だと馬鹿にする出岡になにをしに来たのだろう。

「詩子ちゃん、今日の着物も可愛いわね。女の子って感じ」

話題を変えようとしたのだろうが、里佳に敵対心を感じてしまった詩子には、ただ子ども扱いされているようにしか聞こえなかった。

「……仕事があるので、本館に戻ります」

詩子は二人に向かって頭を下げると、振り返らずに事務所を出た。

里佳の発言はどう考えても出岡を見下しているのに、諒介は自分の地元を馬鹿にされて腹が立たないのだろうか。

イライラしながら本館と新館を繋ぐ渡り廊下にさしかかったとき、後ろから名前を呼ばれて立ち止まる。

「諒ちゃん」

諒介が早足で近づいてきて、詩子の前までやってきた。

「詩、今日の夜って時間ある？」

「……あ、うん」

さっきまで諒介にも腹を立てていたから、なんとなくぎこちない返事を返してしまう。

「じゃあ、仕事終わったら光一の店な」

「え？　なんで？」

「ばか。ここんとこ忙しくてあんまりかまってやってないだろ。仕事場以外でおまえと話がしたいんだよ」

諒介はそう言うと、指で詩子の頬を軽くつつく。

「イヤ？」

「イ、イヤじゃない……けど」

急に甘くなった声音に頬が熱くなって、顔が赤くなっていくのがわかる。詩子のそんな反応を見てホッとしたのか、諒介の頬が緩む。

「じゃあ、あとで」

「う、うん」

詩子が頷くと、諒介は来た道を急ぎ足で戻っていく。その後ろ姿を見つめながら、詩子はさっきまでのイライラが嘘のように消えていることに驚いていた。

自分で言うのもなんだけれど、これが恋の効果なのだろうか。好きな人に誘われれば、たとえそれが知り合いだらけの光一の店だとしても嬉しい。

しかも最近一緒にいられなかったことを気にしてくれているというのも、ちょっと胸の奥がくすぐったいような、浮かれた気持ちになる。

本当は本館で仕事をしてみた感想とか、百合子の話とか色々聞いて欲しいことがあるのだ。

詩子は諒介との約束が楽しみすぎて、忙しくてあっという間に過ぎてしまう夕方の時間が、今日は長く感じて仕方がなかった。

早く諒介に会いたくて、仕事が終わると大急ぎで喜久川の自分の部屋に駆け込んだ。どうせ着物に着替えるからと、デニムにTシャツという部屋着のような格好で出勤してしまっていたのだ。

諒介とデートなのだからもう少しましな格好をしたい。詩子は一度お気に入りのワンピースに着替えて少し考え込み、結局最初のデニムに、トップスだけ少し華やかなフリルのついたシャツに替えた。

光一の店で飲むだけなのだから、頑張りすぎたら引かれるかもしれないと思ったのだ。

支度を終えた詩子が母屋から裏庭を抜けて外に出て行こうとしたとき、ばったりと悟に出くわした。

糊(のり)のきいた白い調理服を着込んだ悟は、笑顔こそ少なくても相変わらず爽やかだ。

「悟さん、お疲れ様～」

そのまま出て行こうとする詩子に悟が訝(いぶか)しげな視線を向ける。

「お嬢、こんな時間からお出かけですか？」

「あ、うん。光ちゃんとこ」

悟はそれを聞き、心配するように眉を寄せる。

「遅くなるならちゃんと女将さんに伝えてくださいね。帰りは連絡くだされば、俺が迎えに行きますから」

ついこの間も帰りが遅いと心配をさせたばかりだから、気にしてくれているのだろう。

「大丈夫だよ。悟さんってば、大袈裟(おおげさ)だなぁ。光ちゃんのところなんて歩いてすぐだよ？」

「なに言ってるんです。お嬢は女の子なんですよ？　いいですか。絶対大丈夫なんて、この世にはないんです」

いつも強い言い方をしない悟にしては力が入った言葉に、詩子は笑って頷いた。

「はーい、気をつけます！　じゃあ、行ってくるね」

もう一度悟に向かって微笑むと、詩子は手を振って外へと飛び出した。


「こんばんは～」

引き戸をがらりと開けて中に入るといつも通り時間が早いからか店内は空いていて、カウンターに何人かの人が座っているだけだ。

詩子の声にカウンターの中の光一が「よう！」と声を上げ、座っていた諒介が手をあげた。

「ごめん、お待たせ」

詩子がその隣に腰を下ろしたときだった。諒介の向こう側から、里佳がひょいと顔を覗かせた。

「こんばんは」

「……え？」

予想外の人物の登場に、詩子は一瞬なにも言えなくなった。しかもさらにその向こうから保も顔を見せる。

いつもこのあたりをうろついている保がいるのは仕方がないとしても、里佳が一緒だなんて聞いていない。というか、光一というお邪魔虫がいるとしても、二人でゆっくり話ができると思ったのに。

さっきまでなにを着ていこうか、なにを話そうかと浮かれていたから、その盛り上がった気持ちをどん底まで突き落とされた気分だ。

でも諒介はそんなことには気づかないらしい。

「一人で食事したくないって言うから、連れてきた」

あっさりそう言われてしまい曖昧に頷くしかない。ここであからさまに嫌な顔をしたら、詩子の方が悪者にされそうだ。

「里佳さん、声をかけてもらえたら、俺いつでも飛んでいきますから！」

事情を知らない保は、嬉しそうに里佳に笑いかけている。

里佳は昼間のパンツスーツから一転して、ノースリーブの紺のマキシワンピースに白いカーディガンを羽織り、足元は華奢（きゃしゃ）なピンヒールのサンダルを履いている。

悔しいけれど女の詩子から見ても大人のセクシーフェロモンがでていて、こんな田舎の居酒屋に不釣り合いなほど魅力的だ。

きっと詩子が同じ格好をしたとしてもこんなふうにセクシーには見えないし、みんな大笑いするだろう。

女子力の違いというか、女としての格の違いを見せつけられた気がして、さらに気分が下がってしまう。

「詩、ビールだろ？」

詩子の返事も待たず、光一がビールのジョッキを目の前に置く。やけになっていた詩子はためらわずそのグラスを勢いよく呷(あお)った。

「あ、おい！　待たせておいて先に飲むなよ。せっかく乾杯しようと思ったのに」

諒介のムッとした声に慌ててグラスをおろす。

「あ、ごめん！」

「げ。一口目でグラス半分一気飲みってどうよ」

その口調はいつものようにからかっているだけなのに、急に恥ずかしくなった。

「だ、だって喉渇いてたし」

「詩子ちゃん、お酒強いのね」

そう言った里佳の前にあるグラスは、ほとんど手つかずだ。

「こいつ、ザルですからね、ザル」

光一がカウンターの中からさらに恥ずかしくなるようなことを言う。いつもならみんなにそうからかわれても気にしたりなんかしないのに、今日は自分に欠陥があるみたいに思えてしまう。

「そういえば、里佳ってあんまり酒強くないよな」

「そんなことないけど、すぐ赤くなっちゃって恥ずかしいのよね」

「わぁ。詩子の口からは聞いたことのない台詞！」

その言葉に思わず保を睨みつける。実際にそんなことを口にしたら、みんな馬鹿にするのに。

「あ、里佳さん、もしかしてビール苦手ですか？　俺たちいつも最初はビールなんで出しちゃいましたけど、サワーとかどうです？」

光一の言葉に、里佳は振り返って壁に貼ってあるドリンクのメニューを見上げた。

「じゃあ生グレープフルーツサワーで」

「はい、喜んで！」

すぐにサワーのグラス、半分に切ったグレープフルーツと絞り皿がでてくる。里佳が手を伸ばすより早く、保が手を伸ばしてその皿を取り上げた。

「いいですよ。俺がやりますから。これ、結構力がいるんですよ」

保はそう言うと親切に里佳のためにグレープフルーツを搾ってやった。

「……」

まるで今まで女の人など見たことがなかったような保と光一のサービスっぷりに、腹が立ってくる。なんだかみんなに里佳と比較をされているようだ。

今までそんなふうに扱われたことなんてない。いつもの楽しい隠れ家が、なんでこんなに居心地が悪いのだろう。

本当は里佳には男性にそういう扱いを受けるだけの魅力があって、自分にはそれがないだけだということに気づいていたけれど、そのことを認めたくない自分がいる。

それに簡単に里佳を連れてくるのなら、あんなふうに思わせぶりな誘い方なんてしないで欲しかった。

詩子が辛うじて涙を堪えていると店の引き戸が開いて、漁師の安さん、浜さんが姿を見せた。そろそろ仕事が終わって飲みに来たり、観光客がそぞろ歩きし出す時間なのだ。

二人は顔見知りばかりのはずのカウンターに里佳を見つけると、大袈裟に声を上げた。

「隠れ家に美女がいる！」

「なんだよ、おまえらの彼女か？　どっから連れてきたんだ？」

「出岡にはいないべっぴんさんだな」

一通りざわついいて、諒介に里佳を紹介されると二人は納得したように頷いた。

「東京か～。やっぱ都会はいい女がいるんだな。出岡の女とはひと味違うよな」

その言葉に、我慢できなくなった詩子が抗議の声を上げた。

「ちょっと！　ここにも出岡の女がいるんですけど！」

みんながギョッとしたように振り返る。どうやら詩子の存在にすら気づかないぐらい里佳に眼を奪われていたらしい。

「ふーん。出岡の女はべっぴんさんじゃないってことだよね。安さん、奥さんって出岡のパン屋さんの娘だよね？　早智子(さちこ)さんはべっぴんさんじゃないんだ。あ、浜さんが結婚しないのって、出岡の女がべっぴんじゃなくて、自分の好みじゃないから？　へーそうなんだ」

詩子は男たちを見回してひとりひとりを睨めつけていく。ずっと我慢して張り詰めていた糸がプツンと切れてしまった感じだ。

「や、やだなぁ。詩ちゃん、それは言葉の綾って言うかさ。詩ちゃんも可愛いよ～」

「そうそう！　それに詩ちゃんだって都会の大学に行って磨かれてきたいい女だし！」

今更そんなご機嫌取りをされて、はいそうですかと許してやる気にはなれない。

「そんなに怒るなって。詩子は出岡のマスコットガールだもんな。はい、可愛い可愛い」

詩子が膨れてプイッと顔を背けると、諒介が宥めるように詩子の頭をポンポンと叩いた。

その仕草はなんだか子どもをあやすようで、詩子はムッとして立ち上がった。

「今更フォローしてもらわなくても結構ですっ！」

ぱしん！　と音がする勢いで諒介の手を振り払う。

そんなことを言うならもっと早く、詩子が里佳と較べられているときに言って欲しかった。結局諒介は詩子のことをその程度にしか思ってくれていないのだ。

「帰る!!」

「おい！　詩!?」

背を向けた詩子を諒介の声が追いかけてきたけれど、振り向かずに隠れ家を飛び出した。

8　プロポーズは突然に

——諒ちゃんなんて嫌い。みんなも嫌いだ。

女の子として魅力がないのは自分のせいもあるけれど、あんなふうにあからさまに言われたら、誰だって傷つくのに。

きっと諒介は詩子のことはほんの味見で、里佳のことを本命として呼び寄せたのだ。フリーの詩子にはちょっとかまってみただけなのだ。

諒介が出岡に戻ってきて、初めて男の人に身体を許して、もしかしたらなにかが変わるのかもしれないと思っていたけれど、実際は昔と変わらず詩子がひとりで片思いをしていただけだ。

「う～～」

考えているだけで悔しくて涙が滲(にじ)んでくる。

幸い隠れ家から喜久川までの間は街灯も少なくちょっとすれ違ったぐらいでは顔もわからないけれど、せめて自分の部屋に戻ってから泣こうと、必死で滲んだ涙を拭ったときだった。

喜久川の裏口、いつも詩子が出入りをする木戸から悟が姿をみせた。

「お嬢、お帰りなさい。思ったより早かったで……」

そう言いかけ、詩子の顔を見た悟はそのまま言葉を詰まらせた。驚きで目を見開く悟の視線に慌てて顔を背けたけれど、誤魔化すことはできなかった。その拍子に、溜まっていた涙が零れ落ちてしまったからだ。

「……どうしたんです？　まさか、誰かにひどいことをされたんじゃ……諒介さんですか⁉」

悟が声を荒げながら、乱暴に詩子の二の腕を摑んだ。

「だ、大丈夫、だから……っ」

「じゃあどうして泣いてるんですか！」

「きゃっ！」

摑まれた二の腕を乱暴に引っ張られて、気づくとそのまま抱きすくめられていた。

「……や、放して……っ」

ジタバタともがく腕を易々と押さえつけられ、身動きが出来なくなる。今まで悟にこんな強引にされたことなどなかったから、急に悟が知らない男性になってしまったようで怖くなった。

「お願い、放して……っ」

「お嬢！　少しだけでいいんです。俺の話を聞いてください！」

切羽詰まったような声音に、詩子は動きを止めて胸の中でほんの少し頭を上げた。遠くの外灯の光で、悟の顔がうっすらと見える。

「……さ、悟さん?」

悟の腕を摑んだ手が小刻みに震えてしまうことに気づかれないように、手のひらをギュッと握りしめた。

「お嬢」

悟は一瞬言いよどみ、それからなにかを振り切るように口を開いた。

「……お嬢。いえ、詩子さん。俺と結婚してくれませんか」

「……は?」

悟の口にした言葉の意味がわからない。なにか聞き間違えてしまったのかと、詩子はその顔をもう一度まじまじと見つめた。

「……なに?」

「俺と結婚して欲しいって言ったんです」

「…………えええええっ⁉」

詩子は悟の腕の中で飛び上がった。

「いや、えっと……だって」

悟は詩子が子どもの頃から喜久川で働いていて、一緒に過ごした時間が長い分、兄とか親戚とか家族のような存在だ。どうして突然そんなことを言い出したのだろう。

「どうして突然って思ってますよね？」

「え……あ、うん」

考えていたことを言い当てられ、詩子は素直に頷いた。

「お嬢には突然かもしれませんが、俺にとってはずっと考えてきたことなんです」

「でも私、もう喜久川の跡継ぎじゃないよ？　私と結婚してもなんのメリットもないって知ってるよね？」

詩子の問いに、悟は小さく笑いながら首を横に振った。

「俺は小さい頃からお嬢を見てきて、あなたのそのなんでもはっきり口にする、真っ直ぐなところに惚れたんです。大女将と喧嘩をしているときとか、次はなにを口にするんだろうと予想がつかなくてハラハラするときもありますけど、その危なっかしいところも可愛いっていうか」

悟はそこまで言うと、薄明かりでもわかるほど顔を赤くした。

「とにかく、俺だったらお嬢を泣かせたりしません！　お嬢がこの家を出たいって言うなら、俺と一緒に実家に行きませんか？」

「……悟さんの実家って」

確か群馬で喜久川のように温泉旅館をやっていて、お姉さん夫婦が跡を継いで経営していると聞いたことがある。

「実は、姉から実家に戻って、旅館の板場に入ってくれないかって言われてるんです」

「え」

悟は板場でも板長に続く古参で、板長も以前自分のあとは悟に任せたいと言っていたほど信頼も厚い。そんな悟に抜けられたら、料理を売りにしている喜久川はたちまち困ってしまう。

詩子は悟の胸を押して身体を起こし、その顔を見つめた。

「悟さん。その話、もう決まってるの？」

「え？」

「悟さんが実家に帰るって話。辞めるなんて困る。悟さんは喜久川に必要な人なんだから、もう一度考え直して」

「お嬢……」

「私だけじゃないよ。おばあちゃんだってお母さんだって、みんな悟さんが必要なの。悟さんのお料理を楽しみに来てくれるお客さんだっていっぱいいるんだよ。だから実家に帰るなんて言わないで」

詩子は悟の目を見つめて、必死に訴えた。

悟はしばらくなにも言わずジッと詩子の顔を見つめていたけれど、安堵とも諦めともとれるため息を漏らした。

「やっぱり……お嬢は喜久川が大事なんですね」

自分ではそんなつもりはないけれど、悟にはそう聞こえたのだろうか。もう喜久川を出ると決めたのに、無意識に未練があることが見苦しい気がして、詩子は慌てて首を横に振った。

「……そ、そんなことない」

「いいえ。俺のプロポーズより喜久川を辞めることの方が心配なんですよね」

「へ？」

「俺、今お嬢にプロポーズをしているんですよ？」

なんとか笑いを噛み殺そうとしているけれど、堪えきれない笑みが悟の口角から顔全体へと広がっていく。

「ご、ごめんなさい」

「いいんですよ。最初から期待はしてなかったんで」

「そうなの？」

「だってお嬢が好きなのは昔から」

悟がそこまで口にしたときだった。

「詩子！　なにやってるんだ！」

ぴしゃりと叩きつけるような声に、詩子はぎくりとして身体を強ばらせた。

驚いて振り返ると、そこには険しい顔でこちらを見つめる諒介の姿があった。

「詩子。こっち来い！」

近づいてきた諒介に痛いぐらい強く腕を摑まれて、悟から引き離される。

「ちょっと！」

詩子は大きな声で叫ぶと、諒介の腕を振り払った。

「おまえ、突然飛び出していったかと思ったら、なにやってるんだよ」

「へえ。私が出てったこと、一応気にしたんだ？　みんなで里佳さんと盛り上がってるから、てっきり私のことを誘ったのなんて忘れたんだと思ったんだけど」

自分でも驚くぐらい嫌みを含んだ言葉が口をついて出る。

「なに怒ってんだよ。里佳が来たいって言ったんだから仕方がないだろ。別に俺はおまえのことを忘れてたわけじゃねーよ。そっちこそいきなりみんなに当たり散らして飛び出していったと思ったら、なんで悟さんと一緒にいるんだよ」

諒介は詩子から悟に視線を向けた。

「このじゃじゃ馬はあんたじゃ乗りこなせないよ」

そう言いながら、詩子の手首を摑むと自分の方へと引き寄せる。

「悪いけど、これは俺のだから。横からさらうような真似しないでくれ」

「ちょっと！　私がいつ諒ちゃんのものになったのよ！」

「うるさい！　おまえは黙ってろ!!」

生まれて初めて諒介に本気で怒鳴られて、詩子は首を竦めた。

「とにかく、そういうことなんで」

諒介は悟を一瞥し、そのまま詩子の手を引いて身を翻そうとしたけれど、悟の声がそれを止めた。

「ちょっと待ってください。横から出てきたのは諒介さんの方でしょう？」

悟の厳しい声音に、諒介の眉間の皺が深くなる。

「どういう意味ですか？」

「諒介さんは久しぶりに会って大人になったお嬢に興味を持ったみたいですけど、俺は小さな頃からずっとお嬢のことを見守ってきました。お嬢はじゃじゃ馬なんじゃなく、真っ直ぐで不器用な性格なだけですよ。素直でとても可愛らしい女性です。俺は全てわかってプロポーズしたところなんです。優先順位で言ったら俺の方が先ですから、お邪魔虫はそっちなんじゃないですか？」

プロポーズの速さで優先順位が変わるのかはわからないけれど、悟が詩子のことをとても価値のある女性のように言ってくれるのが嬉しい。

「プロポーズ⁉　なんだよ、それ」

悟を見つめる諒介の目つきが鋭くなる。

「もしかして、子どもが口にした〝好き〟という言葉を真に受けて、大人になっても自分のことを好きに違いないとか勝手に思い込んでいるわけじゃないですよね？　お嬢だって大人の女性なんですよ。いい加減幼なじみの過保護と独占欲から解放してあげた方がいいんじゃないですか」

いつも気を遣った言い方をする悟と同一人物だとは思えないほど辛辣な言葉に、彼が静かに怒っているのだとわかる。

「これからお嬢がなにを選ぶとしても、俺はその選択を尊重するつもりです。諒介さんのように強引にするつもりなんてありませんから。ただ、諒介さんがお嬢を泣かせる原因になるなら、俺は全力でお嬢を守ります」

「……悟さん」

さっきは突然のプロポーズの意味がわからずにうやむやになってしまったけれど、悟がここまで想ってくれていたことに気づかなかった自分が恥ずかしい。

そしてここまで悟に想われて嬉しいと思うのに、悔しいけれどそれでも諒介のことが好きな自分がいる。

いっそのこと悟の想いを受け入れた方が幸せになれるのに、どうして自分は諒介のことを吹っ切ることが出来ないのだろう。

「悟さんの気持ちは、わかりました」

しばらく黙り込んでいた諒介が、絞り出すように言った。

「詩子と話す時間が欲しいんだけど、それも悟さんの許可を取らないとだめですか」

悟が〝どうしますか?〟と、問いかけるように詩子を見た。

「……諒ちゃんと話がしたい」

「わかりました。じゃあもう時間も遅いですから遠くには行かないでくださいね。なにかあったら」

諒介に視線を向け、悟らしくないいかついい表情で睨めつける。

「……すぐに駆けつけますから」

悟は詩子に向かってだけ微笑みかけると、裏木戸の向こうへと姿を消した。

「あの人の方がよっぽど過保護」

裏木戸が閉まったとたん、諒介が呟いた。

「悟さんはお兄さんみたいな人だから」

詩子が苦笑いを漏らすと、諒介はなぜか不機嫌な顔で詩子を見つめた。

「おまえ、兄貴と抱き合ったりするわけ?」

「え？　別にそういう意味じゃないけど……だって、お兄さんなんていないし、わかんないよ」

しかも数年前までは一人っ子で、唯一の弟はまだ幼稚園児だ。

「おまえ俺のことだって、昔から兄貴みたいに思ってただろ。だから俺の部屋に泊まったのか？」

「は？　そんなことあるわけないじゃん！　それに妹みたいに扱ってたのは諒ちゃんの方でしょ！」

「でもあの夜だって、俺が止めなかったら悟さんの部屋に行くつもりだっただろ。そうしたら悟さんに抱かれたんじゃないのか」

「ひどいよ！　悟さんとそんなことするわけないでしょ！」

諒介への気持ちを疑われたようで悲しいのを通り越して、腹が立ってくる。思い掛けず大きな声で言い返してしまった。

今日の諒介は少しおかしい。そんなに好きでもなかったおもちゃが目の前でさらわれるのが嫌で怒っている子どもみたいだ。

詩子はぷいと顔を背けて裏木戸に手をかけた。

「私のこと信じてないのなら、もういい」

「待てよ。まだ話が終わってない」

「ちょ……やめて！」

手首を摑まれて、無理矢理白壁に背中を押しつけられる。瞬きをひとつしている間に、顔の両脇を諒介の腕で囲われてしまった。

壁ドンの体勢に普段の詩子ならドキドキしてしまったかもしれないが、今は諒介の強引さに腹が立っていてそれどころではない。

鋭い目付きで見下ろしてくる諒介の視線を受け止めることしかできなかった。

「なんで悟さんと抱き合ってたわけ？」

「抱き合ってなんて……」

あれは一方的に抱かれていたという方が正しいけれど、そう言うとなんだか悟が悪いみたいに聞こえてしまいそうだ。

言葉を選んで言いよどむと、諒介が畳みかけるように口を開く。

「じゃあ、プロポーズって言うのは？」

「あ、あれは……多分……冗談だよ」

さっきの悟の言葉で、本当は冗談ではないとわかっていた。でもなんだか一方的に責められているような空気に、浮気が見つかったことを非難されているような気分になる。

「あのさ、男は冗談なんかでプロポーズしたりしないから」

「……」

これ以上なにを言っても諒介には伝わらない気がして、詩子は口を噤(つぐ)んだ。すると、黙り込んだまま俯(うつむ)く詩子に、諒介はうんざりしたようなため息を漏らした。

「おまえ、もう少しちゃんとしろよ。男に対して隙だらけ過ぎて、危なっかしくて見てられない」

「どういう意味？　それって私が男の人に対してだらしないって聞こえるんだけど」

一方的な諒介の言い分ばかり聞かされ、詩子は諒介を睨(にら)みつけた。

「そうじゃない。おまえは自分のことがわかってなさ過ぎる。そんなだから悟さんに簡単に抱かれたりプロポーズされるんだろ。おまえはよそ見しないで、俺だけ見てればいいんだよ」

「なにそれ。私は諒ちゃんの所有物じゃないし！　なんでこんなふうに一方的に怒られなくちゃならないの？　私のことなんてただの幼なじみとしか思ってないくせに！」

「いい加減にしろ！」

「だからどうして命令されなくちゃいけないのよ！　そこどいて！」

まるで蓮子にああしろこうしろと命令されている時みたいだ。詩子は力任せに諒介の胸を強く押した。

「こら、暴れるなって！」

詩子が闇雲に振り回した腕を、諒介が易々と押さえ付けてしまう。力の差があるのはわかっていたけれど、こんなに簡単に思い通りに扱われてしまうのが悔しくてその顔を睨みつけた。

「バカッ！　諒ちゃんなんて大っ嫌い！」

そう叫んだ瞬間、我慢していた涙がボロボロと溢れ出して、もう自分でもわけがわからなくなっていた。

諒介も喜久川も、それからこんなふうに駄々をこねてしまう自分も、みんなキライだ。

「ひ……っく……」

涙を拭おうと手を動かすと、手首を摑んでいた腕で諒介の胸に強く引き寄せられた。

「や……もぉ……あっち……行って……」

濡れた頰に触れた諒介の体温に一瞬心地よさを感じてしまったけれど、うつむいたままその胸の中から身体を起こす。

「ごめん」

諒介は諦めて腕の力を緩めると、深く息を吐き出した。

「詩子、明日ちゃんと話そう。もう家に入れ。悟さんがまた心配して出てきたら困る。俺、今日はあの人と顔合わせたくないから」

「……」

「詩？」

いつものように頭を撫でようとして伸ばされた手を、詩子はとっさに振り払った。またこの優しい仕草で誤魔化されてしまうような気がしたのだ。

「つ、都合のいいときだけかまってほしくない！」

「俺は」

「さよならっ」

詩子はこれ以上諒介の口からいいわけを聞きたくなくて、逃げるように裏木戸を押した。

9　臨時女将に任命します

――朝が来なければいいのに。

こんなに切に願ったのはこれが初めてかもしれない。

スマートフォンのアラーム音が鳴り響く部屋で、詩子はそれを止めることもおっくうに感じながらベッドの中から這い出した。

ふと鏡に映った自分の顔にギョッとする。昨夜諒介と別れたあと泣いたせいで瞼は腫れぼったく、寝不足のせいで眼は真っ赤に充血している。

慌てて氷を包んだタオルで冷やしたり、化粧をいつもよりしっかりとして誤魔化したけれど、詩子が泣き明かしたことは一目瞭然だ。

幸い着替えを終えた詩子を見た仲居たちは寝不足のせいだと誤解をしてくれたけれど、できれば今朝は諒介と顔を合わせたくない。

「おはようございます」

着物に着替えて帳場に挨拶に行くと、この時間は必ずいるはずの百合子の姿が見えない。奥の机で番頭の石田が電話を受けているだけだ。

「あれ？　百合子さん？」

詩子がキョロキョロとしていると、電話を終えた石田が言った。

「おはようございます。女将なら今朝早く急用でお出かけになりましたよ。詩子さんに女将代理を頼むからとおっしゃっていましたが、お聞きになってませんか？」

○に扇の文字を染め抜いた藍の印半纏（しるしばんてん）を着た石田が、不審げに首を傾げた。

「え？　なにも聞いてないですけど……」

詩子が慌てて女将の机を見ると、そこには二通の白い封筒が置かれていた。一通は詩子宛てで、もう一通には諒介の名前が書かれている。

驚いて自分宛の封を開けると、そこには信じられないことが書かれていた。

〝詩子ちゃんへ

突然ですが、あなたを海扇館臨時女将に任命します！

本館の仕事内容は一通り教えてあるし、日誌にも一日の流れを書いておいたので、わからないことは番頭さんや仲居頭に聞いてください。

それから、もう一通の封筒を諒介に渡してね。よろしくお願いします。

じゃあ、ガンバですよ～♡　百合子〟

手紙を読み終えた詩子はしばらく内容が理解できずにその場に立ち尽くした。それからもう一度最初から読み直して、その場に座り込んでしまいそうなほど途方に暮れてしまった。

ここから読み取れるのは、急用がなにかはわからないけれど、百合子は詩子に女将業務を押しつけて出かけてしまったと言うことだ。

しかも手紙の中にはいつ帰るとか、連絡先などが一切書かれていない。百合子はなにを考えているのだろう。

「詩子さん？」

石田が心配そうに詩子の顔を覗き込む。いつの間にか仲居頭の春代も側にいて、その顔を曇らせている。

「どうしましょうか。そろそろお客様がお発ちになる時間ですし、お見送りをしませんと。新館から支配人を呼びましょうか」

春代の言葉に一瞬うなずきかける。

たしかに自分が女将代理を務めるより、よほどその方が安心な気がする。でも朝からいきなり諒介の顔を見るのはさすがにきつい。

「わかりました。私がお見送りします。春代さん、介添えお願いできますか？」

百合子の代わりに挨拶をすることはできるけれど、海扇館と喜久川とではしきたりも違うと思ったのだ。

詩子はフリルのついたロングエプロンを外すと着物を整え、急いで玄関に向かった。

「榊原様、ありがとうございました。どうぞお気をつけて。またのお越しをお待ちいたしております！」

もう何度目かわからなくなった頭を下げて、お客様の車を見送った。

「詩子さん、お疲れ様です。今のお客様が最後のご出発です」

石田に声をかけられて、詩子は心から安堵のため息を漏らした。

喜久川でも海扇館でもお客様のお見送りを手伝ったことはあるけれど、基本は荷物の積み込みを手伝ったり、祖母や母の後ろの方で頭を下げたりするぐらいで、きちんと挨拶をしてお見送りをするのは初めてだった。

「さすが喜久川のお嬢さんですね。ご挨拶も板についていて、皆さん若女将だって思ってましたよ」

「ホント、やっぱり子どもの頃から仕込まれている人は違うわ」

「そんなことないです。みなさん、フォローありがとうございました」

詩子はその場にいた番頭や仲居たちに丁寧に頭を下げた。

そばに石田や春代がついてくれて、いちいちお客様の名前を教えてくれたりアドバイスをしてくれたからなんとかお見送りをすることが出来たのだ。

そうでなければろくにお客様の名前も頭に入っていない詩子に、代理が務まるわけがない。百合子だってそれぐらいわかっていたはずなのに、なんの前置きもなく出かけてしまうなんてひどい。

あまり会いたくはないけれど、とりあえず諒介に連絡をして、夕方のチェックインの対応をどうするのか相談しなくてはいけない。

「さ、それじゃお部屋や館内の掃除など、皆さん自分の仕事に戻ってくださいね」

春代が声をかけ、みんなそれぞれの持ち場に散っていく。

「春代さん。私、ちょっと新館に行ってきたいんですがいいですか？　女将から諒……支配人に伝言を預かっているんです」

「大丈夫ですよ。こちらは私たちに任せてください」

詩子はホッとして頭を下げると、百合子の手紙を手に大急ぎで新館に向かった。

昨日の今日でいきなり話をしなければいけないなんてかなりきつい。こんな状況でなければ諒介の顔なんてみたくなかったけれど、そのせいでお客様にご不便をかけてしまってはもうしわけない。

せっかく縁があって海扇館に遊びに来てくださるのだから、精一杯のおもてなしをして差し上げなければいけないのだ。

新館も観光バスやお客様のお見送りが終わったのか、フロント以外に従業員の姿はない。

事務所の扉を開けたらこの前のように諒介と里佳が二人で仲よさげに座っているような気がして、それだけで詩子は昨日できたばかりの胸の傷が痛くなった。

でもこれはお客様のためだ。そう自分に言い聞かせ事務所の扉を叩く。

「失礼します。支配人、お時間よろしいですか」

詩子はなるべく事務的に聞こえるように声をかけた。

諒介はちょうど里佳と一緒になにかの書類を覗き込んでいるところで、顔を寄せ合っているせいでいつも以上に親しげに見える。

百合子の頼みがなければ、今すぐここから回れ右をして出て行くのに。詩子は小さく息を飲み込んでから二人に近づいた。

「あら、詩子ちゃん。もう大丈夫なの？」

先に声をかけてきたのは里佳だった。

「昨日は具合が悪かったんですって？　突然諒介が心配して追いかけていったきり戻らないから心配してたのよ」

あんなふうに隠れ家を飛び出したのだから、はっきり喧嘩(けんか)をしたと言ってくれても良かったのに。もしかして、里佳には詩子との関係は知られたくないのだろうか。

思わず顔も見たくなかったのも忘れて、諒介の顔を見据えて言った。

「具合じゃなくて、機嫌が悪かったんです！」

苛立ちながらプイッと顔を背けると、なぜか里佳が弾けるように笑い出した。

「あははっ！　詩子ちゃん、サイコー!!」

詩子が呆気(あっけ)にとられていると、諒介の表情が苦虫を嚙(か)みつぶしたように険しくなる。

「里佳、笑うなって」

「だって、詩子ちゃんの方が諒介より上手だもの。諒介は年下の詩子ちゃんを自分の思い通りに扱おうと思ってるのかもしれないけど、彼女は一筋縄ではいかないと思うわよ？」

「そんなのわかってる」

　諒介はぞんざいに言うと、顎をしゃくって詩子を事務所の奥の扉へと促す。

「こっちで聞くから」

　扉の向こうは応接室があって、業者などの来客があったとき使われているはずだ。

　詩子は諒介に続いて応接室に入ると、後ろ手で扉を閉めた。

「……どうした？」

　そう言いながら振り返った諒介の声は思いの外優しくて、昨日の喧嘩別れを気にしていた詩子は、戸惑いながら口を開いた。

「えっと、百合子さんが急用で朝から出かけてるんだけど知ってる？　私に女将代理を頼むって手紙と、諒ちゃんに渡してくれって手紙だけが帳場に残ってて」

　詩子は百合子が書き残した封筒を手渡した。

「はぁ？　じゃあ本館のお見送りは？」

「石田さんと春代さんがいてくれたからなんとかなったけど、夕方のお出迎えはやっぱり私じゃまずいんじゃないかなって。せめて諒ちゃんがやった方がいいと思うんだけど」

　諒介は眉間に皺を刻みながら、封筒の中から便箋を取り出し、それにサッと目を通すとソファーに倒れるように座り込んだ。

「諒ちゃん⁉」

詩子は喧嘩をしていることも忘れて、慌てて駆け寄った。そんなにショックなことが書いてあったのだろうか。

「大丈夫⁉　もしかして親戚の人の具合が悪いとか？」

百合子が手紙だけ残して急いで出かけたのも、身内の体調などに関わることなら納得がいく。もし近しい人なら、時間に関係なく駆けつけたいだろう。

「諒ちゃん？」

呼びかけに応えるように顔を上げた諒介の表情は暗く、なんだか目がうつろだ。

絶望とか失望とか、とにかくなにかにショックを受けた状態なのはわかる。詩子はどう励ませばいいのかわからず、諒介の隣に腰を下ろしてその手を取った。

少しでも諒介を安心させてあげたいと思ったのだ。

「詩子……ごめん」

諒介の口をついて出てきたのは、意外にも謝罪の言葉だった。

「どうして謝るの？」

「実は……母さんが家出したのは俺のせいだ」

「い、家出⁉　百合子さん家出したの？」

「ああ。手紙にはそう書いてある。しかも家出先は……喜久川だ」

「はぁ⁉」

詩子は隣の事務所まで聞こえてしまいそうな大きな声をあげた。

「なによそれ？　意味わかんないんだけど。諒ちゃん、私にも手紙見せて！」

でも詩子が手を伸ばすより早く、諒介は手の中の手紙を詩子から遠ざけてしまう。

「ちょっと！」

「バカ！　ダメだって！」

詩子は素早く立ち上がって、座ったまま掲げた諒介の手から手紙を奪おうとした。

「いいから見せて！」

「うわ、やめろって！」

ソファーに膝立ちになり、諒介にのしかかるように手紙に手を伸ばしたときだった。

「諒介〜お話し中悪いんだけど、ちょっとだけいい？　今ね、旅行会社さんから来期のツアーの件で……あら！」

扉が開く音に思わず動きを止めた詩子は、入口で凍りついたように動けない里佳とバッチリ目が合ってしまった。

「あ、あのこれは……」

明らかに詩子が諒介を襲っているような体勢に気づき真っ赤になる。

「ごめんなさいね。別にお取り込み中の邪魔をしようと思ったんじゃないのよ。忙しいみたいだから、こちらから折り返し電話するって伝えとくわ。どうぞごゆっくり」

さして驚いた様子も見せず扉を閉めて出て行こうとする里佳を慌てて呼び止めた。

「待って！　ち、違うんです！　誤解ですから！　諒ちゃんが手紙を見せてくれなくて、あの……私たちそういうんじゃ」

狼狽えながらいいわけの言葉を並べ立てる詩子とは逆に、里佳は慌てる様子もないどころか、笑みすら浮かべている。

「ええっと」

「あ、いいのいいの。二人が付き合ってるって、諒介から聞いてるから」

その一言に、詩子は頭の中が真っ白になった。

「……は？」

二人というのは誰のことだろう。目を見開く詩子に、里佳も訝しげに眉を寄せた。

「え？　違うの？」

詩子と里佳は顔を見合わせ、それからソファーに座る諒介に視線を向けた。

「諒ちゃん！　どういうこと？　里佳さんになに話したの？」

少しずつ頭が働いてきて、胸の奥に小さな期待の明かりが灯る。でもそれが正しいのかわからなくて、はっきりとした答えを諒介の口から聞きたい。

「諒ちゃん！」

詩子は焦れたように諒介に詰めよった。

「……詩子は将来的に海扇館の女将になってもらうつもりだから、そのつもりでよろしくって頼んだだけだろ。ったく、まだ黙ってろって言ったのに」

詩子の期待に反して、諒介は渋々という顔で口を開いて里佳を睨みつけた。

「それだけじゃないでしょ。詩子ちゃんはまだ若いから、急に結婚なんていったら断られそうだ。今、女将や詩子ちゃんのおばあさまにお願いして外堀から埋めている最中だから、邪魔するなって言ったじゃない」

「余計なこと言うなって！」

ふて腐れた態度の諒介とクスクスと笑う里佳に、さらにわけがわからなくなる。

里佳は詩子にウインクをしながら部屋を横切ると、部屋の隅の電話を取り上げて保留になっていた電話に素早く対応して受話器を置く。詩子は呆然としてその様子を見つめていた。

この状況で結婚という言葉を聞いてもまったく胸が踊らないのは、自分が蚊帳の外に感じるからだろうか。

「待って待って！　私、状況が良く飲み込めないんだけど、里佳さんって諒ちゃんの元カノとか今カノで結婚するために出岡に呼び寄せたんじゃないの？」

詩子は思い切って、ずっとモヤモヤとしていたことを口にした。

「ほ〜ら、だから昨日言ったじゃない」

勝ち誇った里佳の表情に、諒介がさらに不機嫌になる。

「詩子ちゃんは私たちの関係を誤解してるから怒ったんじゃないのって。諒介がさっさとけじめをつけないからこういうことになるのよ」

いったん言葉を切ると、今度は詩子に向き直った。

「詩子ちゃん。あなたの好きな人をけなしてるわけじゃないけど、私、諒介みたいなお坊ちゃん、タイプじゃないの。それに離婚したばかりでしばらく男はいらないし、息子のことで手一杯だしね」

「……ええっ⁉　里佳さん結婚してたんですか？　しかも息子……⁉」

もう今日は驚きすぎて自分でもこれが現実なのか、それとも詩子の都合のいい妄想なのかよくわからなくなってきた。

「そうよ。私大学の時に子どもが出来て結婚したんだけど、二年ほど休学して子どもを産んで戻ってきた時に、諒介と同級生になったの。で、ロイヤルキャッスルに就職してバリバリ働いてたんだけど、私が仕事で忙しくしている間に旦那が浮気してね。子どもは私が引き取って離婚することになったのよ」

つまり里佳はシングルマザーということらしい。しかも今の話だと諒介よりも二歳ほど年上ということになる。

スレンダーなスーツを過不足なく着こなした里佳の身体は、子どもを生んだとは思えないほどセクシーで魅力的で、詩子はまだ信じられない気持ちだった。

「しばらくは実家に協力してもらってロイヤルキャッスルで働いていたんだけど、やっぱり一流ホテルは色々忙しくてシフトの融通も利かないのよね。息子が小学校に入って色々難しくなってきたし、もう少し時間の自由がきくホテルに転職しようと思ったんだけど、中々条件が合わなくて。そんなときに諒介が帰国して、声をかけてくれたの。海扇館に来ないかって」

　里佳は微笑みながら諒介を見た。

「うちなら社宅もあるし、休みなんかも融通きかせてやることができるだろ。それに出岡の小学校は半分以上がホテルとか旅館の従業員の子どもだから学校も色々便宜を図ってくれるし、夏休みとかもみんな一緒で安心だし」

　その言葉に、呆気にとられていた詩子も子どもの頃を思い出して頷(うなず)いた。詩子も諒介も、子ども同士で集まってはそこら中を駆け回っていたのだ。

「それになにより、俺は里佳に一流の接客技術を捨てて欲しくなかったんだ。うちはロイヤルキャッスルに較べたら一段も二段も格下だけど、お客様に満足してもらえるサービスをしようという努力だけはしているつもりだ。里佳に協力してもらえば、海扇館をさらにいいホテルに出来る」

　どんな商売でもすでに繁盛しているとそれを維持しよう、安定させようと考えがちだけれど、諒介はさらにその先を目指して、自分で伸びしろを作ろうとしている。

　その点では不況の中この新館を作った諒介の父、正勝に似ているのかもしれない。

　それにホテルのことを話すときの諒介は、なにより生き生きして見える。この仕事に誇りを持って取り組んでいる様子が眩(まぶ)しくて、胸がいっぱいになった。

「ああもう！　詩子とのこともちゃんと順序立てて計画的に進めるつもりだったのに、母さんのせいで台無しだよ」

ぼやく諒介に、里佳がちゃちゃを入れる。

「あのね、人の気持ちは計画通りになんていかないものなのよ。諒介は今のうち人生設計につまずいて考えを修正した方がいいわよ。ほら。ここに旦那に浮気された、人生のお手本がいるでしょうが」

一部自虐的に聞こえるけれど、どうやら諒介を励ましているらしい。

「あーもーめんどくせえ！　詩子。とりあえず喜久川行くぞ。どうせ今頃蓮子さんと二人で俺の悪口言ってお茶でも飲んでるだろ」

諒介は里佳に後を頼むと、詩子を連れて海扇館を後にした。

「里佳さんのこと、最初から言ってくれればよかったのに」

詩子は小走りで諒介の後を追いながらそう口にした。最初から教えてくれれば、こんな誤解なんてしなかったし、少なくとも昨日の喧嘩は避けられたはずだ。

「仕方ないだろ、まだ里佳がうちで働いてくれるのかわからなかったんだから。それにあいつは気にしないだろうけど、こんな田舎なんだから離婚してこっちに逃げてきたみたいに見られたらやりにくくなるだろ。まずは里佳の仕事ぶりをみんなに知ってもらおうと思ったんだよ」

「……」

言われてみればその通りだ。そういう諒介のちょっとした気遣いはキライではない。それが里佳に向けられているというのは少し悔しいけれど。

「おまえに黙ってて誤解させたのは悪いと思ってるけど、まさか……里佳とのことを疑われるなんて思わなかったからさ」

「疑うっていうか……そっちだって私と悟さんのこと疑ってたでしょ」

「ばか。アレは本当に悟さんがおまえのこと好きなんだから、心配して当たり前だろうが」

「だから私が悪いみたいな言い方しないでよ」

　これ以上続けたらまた喧嘩になるところだったけれど、タイミングよく喜久川の裏木戸の前に着いたおかげで、二人の口論はおしまいになった。

10 露天風呂で××されました！

詩子たちが喜久川に戻ると、諒介の予想通り蓮子と百合子は茶室にいると教えられた。

「おばあちゃん、入るよ」

詩子が茶室のにじり口から覗き込むと、ちょうど蓮子が茶杓を手にお茶を点て始めたところだった。

正客の位置に座った百合子の姿に、詩子はホッと胸を撫で下ろした。これでなんとか夕方のお客様をお迎えするのには間に合うだろう。

「百合子さん、なにやってるんですか。早く本館に戻ってくださいよ～」

詩子の懇願を蓮子がぴしゃりと切り捨てる。

「ああ、うるさい。静寂をよしとする茶室で大きな声を出すんじゃないよ。ちょうどいい。詩子、あんた半東をつとめな」

蓮子の言葉に渋々頷くしかない。こうなったら、お手前が終わるまでは百合子とまともな話を出来そうにないからだ。

詩子に続いて諒介も茶室に入ってくると、百合子が手招きをした。

「諒介も座りなさいな」

渋々といった態で諒介が下座に座ると、蓮子は涼しい顔でお手前を再開した。

慣れた手つきで蓮子が茶を点て、茶筅をくるりと回す。詩子は畳に置かれた茶碗をとると、正客である百合子の元へ運び、作法通り手をついて頭を下げた。

静寂の中、百合子は焦る様子もなく茶を楽しむと、茶碗の拝見にもたっぷりと時間をとってから畳に手をついた。

「結構なお点前でした」

その言葉を聞き、諒介はこれ以上黙っていられないとばかりに百合子に詰めよった。

「それで？　どういうことなんだよ」

「やだ、諒介怖い〜」

百合子はわざとらしく怯えた顔で肩を竦めてみせる。

「ふざけるなって！　旅館の仕事詩子に押しつけてどういうつもりなんだ」

「別に押しつけてなんかないわよ。それに諒介がいつまでたってもはっきりしないからこっちが背中を押してあげようと思ったんでしょ」

「背中を押すっていうより突き落としたんだろうが！」

諒介が噛みつくように叫んだ。

「とにかく今すぐ帰れ！　詩子だけじゃなくて石田さんや春代さんたちにも迷惑をかけてるんだからな」

「あら、ちゃんと帰るわよ」

百合子は一度言葉を切って、子どものようにぷうっと頬を膨らませた。

「私が手紙で書いたことに、ちゃんとけじめをつけてくれるならね」

「な！」

「だって諒介、詩ちゃんとのことちゃんと考えてるからそっとしておいてくれって言う割に、全然進展しないんだもの。しかも東京から元カノとか呼んじゃうし～話が違うじゃない！」

「里佳は元カノじゃないって言っただろ。詩子にも言ったけど、海扇館にスカウトしようと思ってて、実際にうちのホテルを見てもらってたんだよ」

「ふーん。じゃあホントに里佳さんとはなんでもないのね？」

まだ疑いの目で諒介を見る百合子に、詩子も助け船を出す。

「百合子さん、それ本当なんです。私もさっき里佳さん本人から聞きましたから。だから本館に戻ってきてくださいよ。百合子さんだってホントは私に任せるなんて心配でしょう？」

「そんなことないわよ。詩ちゃん真面目にお仕事してくれるからとっても助かってるのよ。蓮子さんにしっかり仕込まれただけあるわ。それになんと言っても私のお着物のコレクションが似合うんですもの！」

どうやら詩子を着せ替え人形として側に置いておくのも百合子の目的のひとつのようだ。

「わかりました！　帰って着替えましょう！　百合子さんの好きな着物着ますから‼」

「ホント⁉　じゃあ帰ろっかな～」

本気とも冗談ともつかない口調だけれど、とりあえず戻るつもりはあるらしい。

詩子がホッとして肩の力を抜くと、それまで黙っていた蓮子が口を開いた。

「それで？　あんたはどっちと結婚することにしたんだい？」

まだまだ事を拗らせるつもりなのか、その口調は楽しげだ。

「……は？　どっちってなんのこと？」

首を傾げる詩子に蓮子は満面の笑みを浮かべた。

「諒介と悟のことだよ。プロポーズされたんだろ？　あんたは決めかねてるみたいだけど、どっちもあんたにはもったいないぐらいしっかりした男なんだし、さっさと決めなよ」

「はぁ⁉　なんで私が悟さんにプロポーズされたこと知ってるの⁉」

蓮子や百合子、それからさっきの里佳の話を総合すると、詩子よりも周りの人間の方が色々事情をわかっていて、当事者の詩子が一番なにも知らない気がする。

「なんだい、そのだらしない顔は。しゃんとしな、しゃんと！　諒介も悟もあんたと結婚したいから許してくれって、まずは私のところに挨拶に来たんだよ」

「……そうなの？」

詩子は信じられない気持ちで諒介の顔を見た。

海扇館でアルバイトをすると決めたときに諒介がおばあちゃんに許可を取るとやってき

たけれど、もしかしてあのときのことだろうか。

　隣でアルバイトをするぐらいで諒介が蓮子のところにくるのは大袈裟だと思っていたのだ。

「今時、先に親の許可を取る男なんて珍しいよ。だから私はどっちにも許可を出したんだよ」

「どっちにもってなによ！」

　普通は先に結婚を申し込まれていたら、もう一方は断るとか事情を話すとかするだろう。それに勝手に詩子の結婚に許可をだすなんておかしい。

　詩子が抗議しようと口を開きかけると、一息早く諒介が身を乗り出した。

「蓮子さん！　それって、俺の方が先ですよね？」

　蓮子は少し考えてから頷いた。

「そういうことになるね。悟はあんたが戻ってきて詩子にちょっかい出してきたのを見て、のんびりしてた気持ちに火がついたみたいだから」

「よっしゃ！」

　諒介が思いきりガッツポーズをする。

「なんで諒ちゃんが喜ぶのよ？」

「バカ。おまえ昨日の話聞いてなかったのか。悟さんはプロポーズをした優先順位で言えば自分の方が先だって言ったけど、実際に蓮子さんに申し込んだのは俺の方が先だろ。ていうか、蓮子さんが悟さんに許可を出さなきゃこういうことにならなかったじゃないですか」

昨日も思ったけれど、結婚の申し込みは優先順位ではなく本人の意思ではないだろうか。そして、その張本人である詩子の意思を無視して、話が勝手に一人歩きしている。

「なに言ってんだい。その様子じゃ、詩子と約束なんて出来てないんだろ？　だったら我が家に忠義を尽くしてくれる悟にやった方がよっぽど喜久川のためになるじゃないか。そもそも、海扇館は商売敵なんだし、百合子ちゃんには悪いけど、やっぱり悟かねぇ」

蓮子はチラリと百合子を見た。

「ええっ⁉　そんな～。もしそんなことになったら、私、一生、諒介を恨み続けるわ。うん、もう海扇館には戻らないんだから！」

百合子は諒介に向かって叫ぶと、芝居がかった仕草で白いハンカチを取り出し、大仰に眼に押し当てた。

「蓮子さんが詩子をくれるって言ったんじゃないですか！」

「そりゃ、あんたが詩子をうまく扱えるなら喜んでくれてやるけど、悟も欲しいって言うんだから仕方がないだろう。こんな小娘のどこがいいんだか知らないけどさ」

辛辣な蓮子の言葉にムッとしてしまう。そもそも蓮子が勝手に許可を出したからこういうことになったのだ。

それに諒介も諒介だ。本気で自分とのことを考えてくれているのなら、先に詩子に言うべきなのに。

「もういい加減にしてよ！　さっきからくれるとかやるとか言ってるけど、私はものじゃないんだからね！　勝手に決めないでよ‼」

詩子はそこが狭い茶室であることも忘れて立ち上がり叫んでいた。

結婚と言えば人生の中でも大きな決断を伴う出来事なのに、詩子の意思がまったく無視されていては黙っていられない。

「ほらごらん。詩子は納得してないじゃないか。この結婚はご破算だね。まあ、どうしても二人とも気に入らないって言うんなら、別の男にしたっていいんだよ。あんたはまだ若いし、二人の男に取り合われたなんて、女としての箔がついていいじゃないか。そうと決まったら、他にも縁組みがきてるんだからさっさと段取らないといけないね」

「だからそうじゃないんだってば！」

話が別の方に転がりそうな展開に詩子が叫ぶと、諒介がさらりと信じられない言葉を口にした。

「蓮子さん。悪いけど詩子はもう傷物だからよそへはやれないと思うけど」

「……り、諒ちゃん……？」

まさかあの夜のことを言っているのだろうか。

「どういう意味だい」

「言葉の通りだよ。詩はもう俺が手をつけたから、他の男のところには行けないってこと」

諒介はそう言うと勝ち誇った笑みを浮かべて詩子を見つめた。

「ぎゃあああああ！」

「きゃあああああ！」

詩子と百合子が同時に悲鳴を上げた。もちろん百合子の悲鳴は歓喜の声で、少女のように両手で頬を押さえてなぜかほんのりと顔を赤くしている。

むしろ赤くなりたいのは詩子の方で、身内にそんなことを知られた恥ずかしさに死んでしまいたい気分だった。

「ということでこの話は終了。俺たちは今後のことについて話し合うから、母さんは今すぐ本館に戻って女将の仕事して。蓮子さん、結婚のことは改めてちゃんと挨拶に伺いますから」

諒介はそういうと、半ば放心している詩子の手首を摑んで立ち上がらせる。

「詩子、いくぞ」

「諒ちゃん⁉」

詩子は何処へ行くのかもわからないまま、諒介に茶室から連れ出されてしまった。

「あーもー疲れた！」

喜久川の敷地から出るなり、諒介がぐったりとして言った。

やっと自分に起きた出来事を理解し始めた詩子は諒介を睨みつける。

「もう！　それは私の台詞だよ。よくわからないままあっちこっち振り回されてさ」

「しょうがないだろ。俺だってこうなるとは思ってなかったんだから。親が恋愛に口出してくるとか、最悪だ……母さんのことだから一生ネタにされるに決まってる」

諒介はそう言うとがっくりと肩を落とした。どうやら一応は気にしているらしい。

「そんなに落ち込むなら、最初から私にどうしたいのか聞いてくれればよかったのに。そうすればこんな騒ぎにならなかったでしょ」

「そんなこと言ったって、久しぶりの再会が裸だぞ？　下心で声をかけたって思われたら台無しだろうが。だからこう順序立ててだな」

「だからそれが間違いなんでしょ！」

また堂々巡りになりそうな雰囲気に詩子は自分でも信じられないことを口にしていた。

「ああもう！　諒ちゃん、今からこのあいだの露天風呂にいこう！」

「は？」

「もう面倒くさいから、もう一回再会したところからやり直せばいいでしょ！」

詩子は自分でもどうしてそんなことを思いついたのかわからなかったけれど、なんとなくそれが一番いい気がした。

いつも通り出岡町の公共露天風呂は人気がなく、使用中の札をかけてしまえば、詩子と諒介の貸し切り状態だ。

湯の滑らかな肌触りを楽しみながら、詩子はホッと息を吐いた。

「諒ちゃん、お待たせ！」

詩子の声に引き戸ががらりと音を立てて、その向こうから諒介が姿をみせた。

自分から露天風呂に誘ったものの、まだ諒介に裸を見せることに抵抗がある詩子がごねて一悶着(ひともんちゃく)あり、結局詩子が湯に浸かるまで諒介が外に出ていることで話がついた。

「ったく、自分で誘ったくせに見るなってどういうことだよ。それにもう何度も詩子の裸は見せてもらってるんだけど」

外で待たされたことが納得いかないのか、諒介はぶつくさと文句を言いながら服を脱ぎ、衝立の向こうから姿を現した。

「わ……！　出てくるならくるって言ってよ！」

一瞬だけ諒介の裸を目にしてしまい、詩子はくるりと背を向けた。

「あ。こっち来ないでよ！　そっち!!」

「はいはい」

諒介は湯船の端で縮こまる詩子とは反対側から湯の中に身体を沈めた。

「そういえば、この前来たときは詩子が大騒ぎしたせいで温泉に浸かれなかったんだよな～誰かさんが札をひっくり返し忘れてたせいで」

「だって、こんなところに平日の昼間から誰かが来るとは思ってなかったんだもん」

川のせせらぎに耳を澄ましてのんびりと湯に浸かりながら、詩子は今日聞いたばかりの話を頭の中で整理する。それからずっと引っかかっていたことを口にした。

「あのさ、聞いてもいい？」

「なに？」

諒介が眉を上げて、大きな岩に背中を預ける。

「諒ちゃん、いつから……その、私と結婚しようとか思ったの？」

「え？」

「だって……諒ちゃんがこっちにいた頃は、お互い旅館の跡継ぎだったし、私は婿養子をとるって決められてたし。その頃は諒ちゃん、考えたこともなかったでしょう？」

「そんなこともないけど？」

諒介は湯の中で大きく伸びをした。

「まあさすがにガキの頃は考えたことなんてなかったけど、詩子サンが高校の制服着てるの見たときはヤバいな～と思いましたよ。おまえすっげー短いスカート履いてたじゃん」

茶化すような口調に詩子はからかわれているのだと顔をしかめる。

「は？　だってあの頃って諒ちゃん東京の大学行ってて、たまに会ってもほとんど相手なんかしてくれなかったじゃん。しかも海外に行ったこともあとから百合子さんに聞いたし」

「さすがに大学生がピチピチの女子高生カワイイとか言ったらヤバいだろ。おまえ一人娘だったし」

確かにあの当時だったら、もし諒介と恋人同士になっても蓮子が許してくれなかっただろう。でも一応諒介も詩子を女としてみたことがあったと知って嬉しい。どうせ妹、下手をしたら弟扱いのポジションだと思っていたのだ。

「もしかして、充樹が跡継ぎになったことって、出岡に戻る前に知ってたの？」

隠れ家にみんなで集まったときは詩子が喜久川の跡継ぎでなくなったことを初めて聞いたような顔をしていたけれど、みんなの話をまとめるとなんとなくそんな気がしていたのだ。

「そ。俺よりもずーっと前からおまえを狙ってた人がうるさいぐらい逐一知らせてくれたし」

詩子が百合子の顔を思い浮かべると、諒介も同じなのかニヤリと笑った。

「じゃあ……最初から私と結婚するつもりで出岡に戻ってきたってこと？」

「まあな。もともとこっちに戻って海扇館を手伝うつもりだったけど、おまえは大学を卒業したらきっと出岡に戻ると思ってたから、そのタイミングを待ってた」

「私、向こうで就職するつもりだったんだけど」

「うん。それは予想外だった。詩子は出岡から離れられないって思ってたからさ。戻ってきたら実家を出ようとしてるし、変なバイトに引っかかってるし、ちょっと焦ったっていうのが本音。まあでも実際は就職しなかったわけだし、そのおかげでうちのホテルでバイトするっていう提案も出来たわけだけど」

焦ったというわりに諒介の口調は面白がっているようで、詩子のバイト騒ぎもむしろ諒介にとってはちょっとしたアクシデント程度の出来事なのだろう。

　聞けば聞くほど自分だけが蚊帳の外にいるという感じが否めない。これをハッピーエンドと言うのは簡単だが、全部諒介の計画通りというか、ほぼ行き当たりばったりで進められているというところに納得がいかないのだ。

「でさ、おまえいつまでそんなに離れてんの？」

　考え込んでいた詩子は、諒介の声に我に返る。

「え？　だ、だってこんなに広いし、近いと……み、見えちゃうし」

「今更なに言ってんだ。普通男と風呂入ったらこうだろ」

　諒介は飛沫を上げながら立ち上がると、ジャブジャブと大股で側までやってきて詩子の背後に腰を下ろした。

「ほら」

　自分の開いた足の間に詩子の身体を引き寄せる。ウエストに手が回されて、詩子の華奢な背中に諒介の広い胸が押しつけられる。

「やっぱこれだろ」

「そ、そうかな……」

　諒介に抱き締められるのは好きだし嬉しいけれど、真っ昼間から裸でというのは居たたまれない。それに出岡の湯は無色透明だから間近に座られると身体の全てが見えてしまう。

　しかも諒介の手は当然のように身体のあちこちに触れてきて、恥ずかしいことこの上なかった。

「諒ちゃん、ここ外だから……」

「知ってる」

「じゃあんまり触んないで！」

「どうして？」

「だって、万が一誰かが入ってきたら困るでしょ。もし見られたりしたら、こんな狭い街なんだから、すぐ噂(うわさ)になっちゃうよ」

「ちゃんと使用中の札もかけてあるから大丈夫だって。それに、俺は別に噂になってもかまわないけど？」

　そう言いながら両手で胸の膨らみを覆い、弱い力で揉(も)みしだく。

「ん……っ」

　肩口を揺らすと首筋に鼻面を擦り付けてくる。

「あー気持ちいい。この手触り最高」

「え、えっち！」

「なんで？　褒めてるつもりだけど」

「もぉおおおっ」

　どうしてそんなことを恥ずかしげもなく口に出来るのだろう。

「おまえ、結構すぐ赤くなるよな。すげーわかりやすい」

「だって諒ちゃんが変なことばっかり言うんだもん！　それに諒ちゃんが私を好きだなんて、まだ信じられないし」

「そう？」

「もしかしたら日本に帰ってきてちょっとかまってやろうってぐらいで、ホントは私のこと好きじゃないんだって思ってたから」

そう口にしてみて、まだ諒介自身にちゃんと好きだと言ってもらっていないことに気づいた。

諒介と両思いであることはもう疑っていないけれど、全部蓮子や百合子、里佳など周りの人から聞いただけだ。

このまま諒介の思い通りにさせたら、それが当たり前だと思ってこれからも同じことをしそうだ。ここはお互いが対等に意見を言える立場であるということをはっきりさせておきたい。

詩子は胸元に滑らされていた諒介の手をぴしゃりと叩いた。

「待って！　やっぱ触っちゃだめ！」

「今度はなに？」

お楽しみを奪われた諒介の声は不満げだ。

「私、まだ一度も諒ちゃんに好きって言われてないし、プロポーズもされてない！」

首を大きく回して後ろを振り返ると、諒介の眉間には皺が刻まれていた。

「今さら？　これだけみんなに暴露されたんだからもういいだろ」

「良くない！　諒ちゃんがちゃんと言ってくれないなら結婚しないから！」

詩子の剣幕に諒介は一瞬たじろいだように眼を見開いて、それからゆっくりと口角を上げた。

「はいはい。じゃあ詩も聞かせて？」

「え？」

諒介の顔に浮かぶ溢れんばかりの喜色に嫌な予感がする。

「おまえだって、大人になってから一度も俺に好きって言ってくれてない」

「う、うそ……言ったことあるよ」

この前諒介に抱かれているときに、口走ってしまった記憶がある。ただ、改まって口にしたことがないだけだ。

「全然印象にありません。ちゃんと言ってくれないと結婚できないなぁ」

「どうしてそうなるの⁉　私が先に言ったんでしょ」

「じゃあ教えて、詩子の気持ち」

急に甘くなった諒介の声に、心拍数が上がる。

「う……だ、って……」

突然面と向かって口にするなんて恥ずかしい。

こういうのはかしこまって言うより雰囲気とか勢いで口にする方が言いやすい気がする。

「詩子」

いつの間にか形勢が逆転していることにも気づかず、詩子はおずおずと口を開いた。

「……諒ちゃんが、す……す……すき……」

「聞こえない」

「ううっ……す、好き」

恥ずかしすぎて頭の芯がジンジンと痺れてくる。

「全然気持ちが伝わってこないな～」

楽しげな声に、詩子はからかわれているのだと気づき、プイッと顔を背けた。

「もう……諒ちゃんなんて、キライ」

「バカ。詩子が可愛いのが悪いんだよ」

顎を持ち上げられて顔を覗き込まれる。

「カワイイ」

諒介は小さく呟くと優しくついばむようなキスをした。

「詩子が一番カワイイ。詩子が一番大事。詩子が一番……好きだ」

「……諒ちゃん」

「そうじゃなかったら、簡単におまえを抱いたりなんかしない。まあ、おまえがその気じゃなくても、一度抱いて逃げられなくしてやろうと思ったのは事実だけど？」

「…バカ」

ニヤリと歪んだ唇が、今度は乱暴に詩子のそれを塞いだ。

「……んっ……は……ん」

すぐに舌を押し込まれ、喉の奥まで届きそうな勢いで乱暴に口腔を舐め回される。

「んぁ……ふ……ぁ」

まだ淫らなキスに慣れていない詩子は、それだけで頭に血が上ってなにも考えられなくなってしまう。

諒介はそれがわかっていて、詩子の言葉を封じるためにキスをするのではないかと疑ってしまいそうだ。

「は……ん……諒ちゃ……」

いつの間にか自分で身体を支えられなくなり、背中に回された諒介の腕に抱き留められていた。

「詩子、俺と結婚してくれる？」

まるで詩子がキスで蕩けてしまうのを待っていたかのように諒介が囁いた。

このタイミングでそれを言うなんてズルイ。詩子は霞がかかった思考を振り払いながら諒介を睨みつけた。

「……い、今言う？」

「いい加減、俺のこと信じろって」

汗ばみ始めた額に諒介の額が押しつけられる。

湯から立ち上る熱気と濃厚なキスで思考がぼんやりとして、もうなんの話をしていたのかわからなくなり、詩子は小さく頷き返した。

「……うん。信じる」

「よろしい」

ギュッと抱き寄せられて、詩子は諒介の胸に火照った頰を押しつけた。

大きな手に背中を撫で(な)られ、詩子が身体を小さく震わせると、額やこめかみに唇が押しつけられる。

「ん……」

火照った身体にひんやりした唇が心地いい。思わずうっとりと眼を閉じると、再び唇を塞がれてしまった。

何度も角度を変えながら長い舌が口蓋や頰の裏などをまんべんなく舐め回し、詩子の小さな舌に何度も絡みつく。

「ん……っ、んぅ……っ！」

クチュクチュと水音をさせながら舌が吸い上げられて、ゾクゾクとした快感が背中を駈(か)け抜ける。

だらしなく開いた唇の端から零れた滴を啜(すす)られ、下唇を甘嚙みされた。

「詩、顔赤い。まだ恥ずかしい？」

「ん……それに、ちょっと熱い、かも」

うっすらと眼を開くと、諒介の顔も赤い気がする。さっきから湯船に浸かりっぱなしだから、このままでは逆上せてしまいそうだ。

「じゃあ、ちょっと立とうか」

諒介は詩子の両脇に手を差し入れ抱き上げるようにして一緒に立ち上がった。

「あ……」

やはり逆上せているのかふらついてしまい、そのまま諒介に抱き留められる。

「こっち」

諒介に抱えられたまま川を見下ろせる岩の側に連れて行かれる。そのまま腰の高さほどの岩の上に俯せ（うつぶせ）に押しつけられた。

ひんやりとした石の感触は気持ちがいいけれど、この格好では後ろから恥ずかしい場所が丸見えになってしまう。

「や、やだ……」

慌てて身体を起こそうとしたけれど、太股に手をかけられて足を大きく広げられてしまった。

「諒ちゃん……⁉」

「逆上せたくないんだろ？　おまえはそこで涼んでろよ」

言葉と一緒に晒（さら）された下肢に指が這（は）わされ、詩子はあられもない声を上げてしまう。

「ひぁ……ッン！　な、なにして……っ」

「俺はその間にこっちを可愛がることにするから」

お尻の丸みに手がかかったかと思うと、その場所をぐいと開かれ、熱くぬるりとしたものがその奥を撫でた。

「……いやぁ……ン！」

花びらに粘膜が擦れる覚えのある刺激に、詩子は身体を大きく戦慄かせる。あの夜のように諒介が詩子の濡れ襞に舌を這わせているのだ。

この前と違うのは今が昼間で明るいこと、そしていつ誰が通りかかるかわからない外だということだ。

「やぁ……舐めちゃ……はン……んんっ、ここじゃ……」

ヌルヌルとした舌が這い回る感触に、足がブルブルと震えてしまう。

「詩子。まだなにもしてないのに濡れてる。もしかして、キスで興奮した？」

「ち、ちが……あぁン！」

諒介がわざと音を立てて蜜口から溢れる蜜を吸い上げる。

「やぁっン!!」

「ほら、すぐに指が入りそうなほど濡れてるけど？」

「や……言わないで……っ！」

身体を起こして逃げればいいのに、身体に力が入らず煽情的に腰を揺らすことしかできない。それが誘うような仕草に見えることなど、まだ未熟な詩子にはわからなかった。

「気持ちよくしてやるから、大人しくしてろ」

諒介はそう呟くと、指先で花弁をめくりさらに奥に舌を差し入れた。

「ひぁああっ」

生温かい舌で濡れた襞や敏感な粒を舐め回されるたびに膣孔が震えて、淫らな蜜が零れ出すのが自分でもわかる。

なにをされているのか見えない分、触れられる感覚が鋭敏になって前に抱かれたときよりも愉悦に溺れてしまいそうだ。

諒介の長い指が膣孔に差し込まれ、まるで蜜を掻き出すように激しく抽挿する。

「あ……ふ……んんっ」

恥ずかしいのに鼻から熱い息が漏れて、衝動的に腰を揺らしてしまう。まるで最奥に諒介の指を誘い込むようだ。

「詩、すごく気持ちよさそう」

「いやぁ……っ」

「この間まで処女だったのに、やっぱりエロい身体」

諒介はそう呟くと、抽挿する指を増やして動きを速めた。

「あ、あ、あ……や、動かしちゃ……ああっ」

グチュグチュと秘処をこね回す卑猥な水音が、詩子の耳にも届く。溢れた蜜が太股を伝い落ち、諒介の舌が丁寧にその蜜を舐めあげる感覚にすら快感を覚えてしまう。

「……諒ちゃ……もぉ……、あ、ああっ……！」

足元から崩れ落ちそうになりながら、必死で俯せにされている岩に身体を預ける。自分から胸の膨らみを押しつけてしまい、尖り(とが)きった胸の頂が擦れて痛いぐらいだ。

「あ、あ、ああっ……！」

花びらの奥に隠れた感じやすい粒を指でむき出しにされて、唇の先で強く吸い上げられる。

「や……それ、しちゃ……あ、ああっ……あああ——っ」

腰をビクビクと跳ね上げながら、簡単に高みに押し上げられてしまい、詩子は高い嬌声(きょうせい)を上げた。

「詩子。いくら誰も入ってこないからって、通りがかった人には聞こえるかもよ？」

そう言いながら背後から伸びてきた手が、岩に押しつけられて冷やされた胸の膨らみを包みこむ。尖った乳首を熱い指で摘まれて、詩子の背が大きく反り返った。

「あ、ああ……っ」

指の腹で擦るように乳首をコリコリと揉(も)みほぐされて、達したばかりの身体が敏感に反応してしまう。

「や……今、触らない、で……」

達したばかりで感じやすくなっているから、ほんの少しの刺激で大袈裟に声を出してしまいそうだ。

だが逃げようにも背中に覆い被さってきた諒介の胸が押しつけられて、動くことが出来ない。すぐ側で荒い息遣いを感じて、諒介も興奮しているのだとわかる。

それだけで蜜源の奥がキュンと痺れて、また詩子の下肢が震えた。

「はぁ……っ」

お尻に雄芯を押しつけられて、その硬さに身体が期待でぶるりと震えてしまう。

「ごめん、詩子。今すぐ挿れたい」

「え……ああっ！」

詩子が抵抗する間もなく、硬く膨れあがった熱が詩子の内壁を引き伸ばしながら押し込まれてしまう。

「ふぁ……や、奥……っ」

詩子のわずかな抵抗など役に立たず、深々と楔(くさび)を突き立てられグリグリと腰を押しつけられた。

「ああ……っ」

「ほら、もう……入った」

強い刺激にうまく息ができない。

「あ、は……ぁっ」

「詩子の、なか……気持ちいいよ……」

雄芯を乱暴に振りたくられて、何度も最奥まで突き上げられ、ゴツゴツと身体の奥に雄芯が当たる愉悦に目の前がチカチカしてくる。

「あ、やぁ……っ、これ、ダメ……っ」

逃げられないように諒介の体重が詩子を押さえ付けてくる。汗で髪が張り付いた首筋に唇を押しつけられた。

「んぁ……っ」

「どう、だめなの？」

息切れしたような声で、耳朶（じだ）に熱い息が降りかかる。

「あっ、は……ン……へ、変なとこに当たって……ああっ」

「へえ、そんなに気持ちいいんだ」

首筋に歯を立てられて、その刺激に詩子の中が大きく収斂（しゅうれん）する。

「ああ……っ、だめぇ……ン！」

「くっ……そんなにしめんなって」

諒介が苦しげに呟いて、詩子の中で熱塊が大きく震えた。

「ああ、この体勢だと詩子のエロい顔が見えない」

背後から攻め立てていた諒介は動きを止めると、下肢をつなげたまま詩子の身体の位置をずらし、体勢を入れ替えようとする。

足を大きく持ち上げられ雄芯に内壁を擦られる刺激に、詩子が身体を震わせる。

「あ……や、ムリ……っ、こわ……い……っ」

「大丈夫だから……ほらこっち向け」

なんとか腕をついて身体の向きを変える。

「俺の腰に足を絡めて、手はこっち」

言われれた通り諒介の腰を足で挟むようにして、首にしがみつく。諒介はそのまま詩子を抱き上げて別の岩の上に腰を下ろした。

「きゃ……ああっ！」

諒介が腰を下ろした衝撃と自身の体重でさらに奥深く雄芯を咥え込んでしまい、詩子は悲鳴のような声を上げて背中を大きく震わせた。

「や……これ、ダメ……っ」

「やっと顔が見えた」

諒介がわざと大きく詩子の身体を揺すり上げる。

「はぁ……あ、あ……ん……」

頭の中も身体も蕩けてしまいそうなほど熱い。詩子は快感に潤んだ目で助けを求めるように諒介を見つめた。

「……その顔、たまんない。誰にも見せたくない」

諒介はそう呟くと、もう何度目かわからなくなったキスで詩子の唇を覆った。まるで貪るようなキスに、呼吸もままならない。

「……ぁふ……はぁ……っ」

唇は首筋から胸元を辿(たど)り、尖りきった乳首ごと柔らかな胸にむしゃぶりついた。

「ひぁ……ああっ」

愛撫(あいぶ)から逃れようと腰を浮かせると、自然と雄芯が内壁を擦ることとなり動くことが出来ない。

その間にもぷっくりと膨らんだ頂を舐め転がされ、時折押しつぶすように歯で甘噛みされる。

「や、や……噛んじゃ……ああっ」

身体が与えられる愉悦に応えるように、キュウキュウと収縮して自分でもわかるぐらい強く諒介を締めつけてしまう。

悶(もだ)えるように身体を揺らすと、諒介が下から腰を突き上げ、最奥をゴリゴリと押し上げてくる。

「あ、だめ……イッちゃ……ぁあっ！」

覚えのある感覚に身体の自由がきかない。諒介はさらにそれを煽(あお)るように胸の頂を強く吸い上げた。

「あ、あ、ああ……――っ！」

ビクビクと身体を痙攣(けいれん)させ、詩子の意思とは関係なく、隘路(あいろ)が諒介の雄芯を強く締めつける。

「は……っ」

諒介が苦しげな吐息を漏らし、息もできないほど強く詩子の身体を抱き締めた。

「はぁ……っ、あ……ん……──」

大きな快感の波から放り出されて、ぐにゃりと力の抜け落ちた身体が諒介の胸にもたれかかる。

もうなにも考えたくないし、指一本自分では動かすことが出来ないほど身体には力が入らない。

でも諒介はまだ物足りないのか、詩子の両腕をとるともう一度しがみつくように自分の首に回させる。

「……な、に……？」

「詩はなにもしなくていいから、そうやって掴まって」

「……え？」

諒介はもう一度詩子の唇に軽いキスをすると、両手を詩子の腰に回した。

「あ……あぁっ」

激しく腰を突き動かされ、詩子は堪らず目の前の諒介の首にしがみついた。そうしていないと、突き上げてくる勢いに振り落とされてしまいそうな気がしたのだ。

「あっあっあっ！」

「もう少しだけ、頑張って」

「や、ムリ……ああっ、ダメ……ぇ……あ、ああっ」

詩子はふるふると首を振ったけれど、突き上げる勢いは衰えるどころか、詩子を逃がさない楔のように深く埋め込まれる。

「ああ……も、おかしくなっちゃう、から……ぁ」

「おかしくなっていいよ。もっとエロい……詩子が見たい」

「や……ぁっ」

激しい突き上げに、気づくと詩子の唇からはすすり泣きが漏れていた。

もう許して欲しい。詩子はそう何度も訴えたけれど、諒介はまるで飢えた獣のように詩子を執拗に攻め立てて、簡単に許してくれそうになかった。

11　初恋はいつまでも

　世間は夏休みに入り、近隣の観光地に水族館や海水浴場がある出岡は、まさにかき入れ時だ。

　特に海扇館は七月から九月の期間限定でプールをオープンしていることもあり、目の回るような忙しさだった。

「安藤颯太(そうた)です。よろしくお願いしますっ！」

　Tシャツにハーフパンツ姿の男の子が、新館のロビーで行儀良くぴょこんと頭を下げた。

　颯太は里佳の息子で、小学校三年生になるそうだ。

　あのあと里佳は出岡や海扇館が気に入ったと言うことで、新館の副支配人として働くことになった。颯太の学校のことも考えて、この夏休みに親子で出岡に引っ越してきたのだ。

「……ヤ、ヤバイ。めっちゃカワイイんですけど……」

　詩子は礼儀正しい颯太の挨拶を見て、思わず呟(つぶや)いた。

　菊川家には充樹という男の子がいるけれど、幼稚園児は怪獣みたいなもので、挨拶もろくに出来ないし、わがまま放題だ。

男の子なんてうるさいだけでカワイイと思ったことなどなかったけれど、颯太の礼儀正しさと、なにより将来が楽しみなイケメン具合に子ども相手だというのにドキドキしてしまう。

「詩？」

思わず颯太に見とれていると、諒介に脇腹を突かれた。

「ねえ諒ちゃん。今時の小学生ってこんなにカッコいいの？」

「さあ。東京の子だからじゃないの？　出岡の小学生なんて、オレらの頃と変わらず真っ黒になって走り回ってるだろ。あれは親の遺伝子」

「うーん。里佳さん美人だもんね。あ、里佳さんほどの人の元ご主人なんだから、お父さんもイケメンなのかも」

そういえば、恋人のひいき目かもしれないけれど、諒介も小学生の頃からカッコよかった。そう考えたら、今これだけイケメンの颯太の将来はかなり楽しみかもしれない。

「色々ご迷惑をかけるかもしれないけどよろしくお願いします。詩子ちゃんもよろしくね」

里佳も颯太の隣で丁寧に頭を下げた。

「あ、はい！　なにかわからないことがあったら言ってくださいね。私は本館にいるんで、あまり役に立たないかもしれませんけど」

詩子は里佳に笑い返すと、しゃがんで颯太の顔を覗(のぞ)き込んだ。

「こんにちは。私、詩子っていうの。よろしくね」

「詩子さん？」

「うん。仲良くしようね」

「はい！」

――やっぱりカワイイ！

素直に頷く颯太の笑顔に、ハートを射貫かれた気分だ。

「そうだ！　今度お休みの日、お姉ちゃんと一緒にマリンパラダイスいこっか！」

「いいよ」

「イルカのショーもあってすごいんだよ。あ、知り合いがいるから颯太君と一緒に写真が撮れるように頼んであげる」

「ホント⁉　詩子さん、いつお休みなの？」

「えっとね……」

約束を取り付けてにっこりと微笑むと、隣で里佳がからかうように言った。

「あらぁ。諒介、詩子ちゃんいきなり浮気よ。これから若い男に走っちゃうんじゃない？」

「な、なに言ってるんですか⁉」

詩子が慌てて立ち上がると、諒介は自信たっぷりの顔で笑う。

「まあ、男はモテてなんぼだからな。俺なんて颯太ぐらいの時には、もうプロポーズされてたから」

「ええっ⁉　マジで？　誰？　私の知ってる人？」

そんな子どものころ諒介にプロポーズするような子がいただろうか。

「マジ。つうか、おまえが先に俺と結婚するって言い出したんだぞ」

「そんなこと言ってないよ！」

「言いました。〝あたしのお婿さんにしてあげる〟って言ったんです～。あの頃可愛かったな～」

「う、うそ……っ。また、私のことからかってるんでしょ」

「嘘じゃないって。俺が小学校二年か三年ぐらいで、おまえは幼稚園に入ったぐらいだったかな。蓮子さんが板長に頼んで温かい雑炊作ってくれてさ」

「で、俺がオヤジと喧嘩して、喜久川の母屋の方に家出してきたんだよ。スゲー寒い夜で、蓮子さんが板長に頼んで温かい雑炊作ってくれてさ」

そう言われてみれば、なんとなくそんな記憶がある。母屋のコタツに入って、白い湯気の向こうに座っている諒介の姿だ。

「で、俺が蓮子さんにオヤジの悪口言いまくってたら、おまえが〝諒ちゃんうちの子になればいいのに〟って言ったんだ。〝あたしのお婿さんにしてあげる。それならうちの子になれるでしょ〟って」

「……っ」

「大胆なプロポーズだったな～」

ニヤニヤと顔を覗き込まれる。

「も、もうっ。そんな小さな時のことなんて覚えてないもんっ」

「残念。俺の記憶は鮮明だから、一生忘れないよ」

「ええっ⁉」

それはこれからもそのネタでからかうつもりだと宣言されたようなものだ。保や光一の前で披露されたらと考えるだけで怖い。

あとでみんなと一緒の時はネタにしないで欲しいと頼んでおいた方がいいだろうか。すがるような眼で見つめると、それに気づいた諒介が手招きをして内緒話をするように顔を近づけた。

「……とりあえずさ、どうせ可愛がるなら自分の息子にすれば」

詩子にだけ聞こえるように囁(ささや)かれ、一瞬遅れて理解した詩子はまじまじと諒介の顔を見つめた。

「え……ええ⁉」

見る間に真っ赤になっていく詩子の顔を確認すると、諒介はニヤリと笑って身を翻した。

「さー仕事仕事。里佳、今日はツアーのお客様と団体の予約が入ってるからよろしく頼むわ」

そう言って、赤くなった詩子を残したままさっさと背を向けて行ってしまう。

諒介はいつもああいう言葉をさらりと言うけれど恥ずかしくないのだろうか。自分ばかりこんな気持ちにさせられて悔しい。

「もう！　言い逃げしないで！」

悔し紛れにそう叫ぶと、それを見ていた颯太がぽつりと言った。

「詩子さん、顔が赤いよ。もしかして諒介さんって詩子さんの彼氏？」

あまりにもストレートな質問が照れくさい。詩子が返事に困っていると、里佳が助け船を出した。

「詩子ちゃんとあのオジサンはもうすぐ結婚するんだよ。オジサンは颯太みたいな男の子が欲しいんだって」

「里佳！　オジサン言うな！」

諒介が足を止めて振り返った。

「あら、颯太からみたら諒介なんてオジサンでしょ。あんまり詩子ちゃんにイジワルしてると、颯太みたいな若い男に取られちゃうわよ。ね～颯太」

「うん。僕、詩子さん好き」

颯太は素直に里佳の言葉に頷いた。すると、事務所に戻りかけていた諒介がUターンして颯太の前まで戻ってきて跪いた。

「悪いな。このお姉ちゃんはお兄ちゃんがお前ぐらいの時から予約済みだから、ほか当たってくれ」

諒介は子ども相手に真顔でそう言うと、詩子の手首を掴んだ。

「ほら、詩子。これから街おこしの企画会議だぞ」

そのまま詩子の返事も待たずに手首を握りしめたまま足早に歩き出した。

前に詩子が思いつきで提案した〝出岡七福神巡り〟の案を諒介が企画書にしてプレゼンしたところ、長老会や壮年会からお褒めの言葉をいただき、この秋祭りの時期からイベントとして採用されることになった。

詩子は企画の責任者の一人として参加することになっていたけれど、その話し合いは午後からのはずだった。

「諒ちゃん、そんなに急がなくても」

「いいの。せっかく里佳がきたんだから、少しぐらいサボったっていいだろ」

諒介はそのままホテルの駐車場まで行き、自分の車の後部座席に詩子を押し込むと、続いて自分も乗り込んできた。

「どうして後ろに乗るの？　みんなに迷惑がかかるから戻ろうよ」

「いいんだって。夏休みで鬼のように忙しいんだから、すこしぐらい彼女としてオレのこと癒やせよ。三十分ぐらい寝るから、時間になったら起こして」

諒介はそう言うと詩子の膝の上にごろりと頭を投げ出した。いわゆる膝枕という格好に、詩子は目を丸くした。

諒介にこんなふうに甘えられるのは初めてかもしれない。

「もう……」

本当は支配人という立場の諒介にこんなことを許してはいけないと思うけれど、見たことのない姿に、今日だけはそれを許してしまう。

「じゃあ三十分だけだよ」

「ん」

諒介はそう頷いていったん目を閉じたけれど、すぐになにかを思いついたように目を開いて詩子を見上げた。

「そういえば、悟さんのことだけど」

「え?」

「いや……なんか実家に帰ったって……ちらっと聞いたから」

諒介にしては歯切れの悪い言い方だ。

「悟さんならもう帰ってきてるよ」

「へ? 辞めたんじゃないのか?」

「まさか! おばあちゃんと板長があれだけ腕のある悟さんを離すわけないじゃない。ちょっと実家のお姉さんと話をするために帰ってただけだよ。実はね、うちの板長があと二年ぐらいで引退したいんだって。それでおばあちゃんと板長で相談して、悟さんに次の板長をお願いすることになったんだ。悟さんの実家も旅館をやってるから、これからも、うちで働くつもりだってことを伝えに行ったんだって」

詩子は実家に帰る前の悟に、こっそり呼び出されたことを思い出した。

プロポーズの返事どころかされたことすらうやむやにしてしまった詩子は、なんとなく後ろめたい気持ちで呼び出された裏庭に行った。

先にこちらから謝った方がいいのだろうか。すでに裏庭にいた悟の背中に、おずおずと声をかけた。

「悟さん、あの、話って」

「ああ、お嬢。わざわざすみません」

詩子の後ろめたさに反して、振り返った悟の顔はなぜか晴れ晴れとしている。

「お嬢、このたびはご婚約おめでとうございます」

「え？　あ、ありがとう。でも、あの、まだ口約束だけっていうか」

誰かに正式にお祝いを言われたのは初めてだったし、しかも相手はプロポーズをされた悟ということもあり、どぎまぎしてしまう。

まだ諒介と詩子のことを知っているのは喜久川と海扇館の数人、それから保と光一ぐらいだった。

お互いの家族は収まるところに収まったとでも思っているのか、とりあえずはホッとしているようで、早く結納をとか結婚式をと騒がれると思っていた詩子は拍子抜けしてしまったぐらいだ。

一番喜んでくれたのは、光一と保だったかもしれない。

二人はほかの友達とは違うから、わざわざ……と言ってもいつもの隠れ家で、光一は仕事中だったけれど、全員が揃ったときに付き合うことになったと報告をした。

「なんだよ、思ってたより早かったな」

そう言ったのは光一だ。

「諒介は昔から詩子をかまいたくて仕方がなかったからすぐにちょっかい出すと思ってたけど、詩子は意地っ張りだし、行動が読めないから簡単にはまとまらないと思ってたんだよ」

「そうそう。それに詩はふらふらしてるし、いつ変な男に引っかかるか心配で心配で気が気じゃなかったしな。これで俺たちも詩のお守りをしなくてよくなったし、いやーよかったよかった」

保が心底ホッとしたように詩子の頭をわしわしっと撫でた。

「なによ、それ！　私、二人にお守りなんかしてもらったことないし！」

詩子はムッとしてその手を払いのけた。これではまるで詩子が手のかかる子どもみたいに聞こえる。

「なに言ってんだよ。毎日毎日飽きずに店で愚痴るおまえの相手してやってただろ」

「そうそう。蓮子さんに追い出された日は、うちで晩飯だって食わしてやってたし」

「だって！　それはご近所のよしみっていうか、幼なじみの特権っていうか……えっと……」

光一と保の視線が痛くて、声が小さくなってしまう。

確かに話し相手になってもらったり、隠れ家で晩ご飯を食べさせてもらったこともある手前、それがお守りだと言われてしまったら強く言い返せない。

「……そ、その節はお世話になりました……」

「おまえ……ホントなにやってんの」

諒介が隣で頭を抱えてため息をつくのを見て、光一と保は楽しげに笑い声を上げた。

諒介と気持ちが通じ合えたのが一番嬉しいけれど、そのことでみんなが笑顔になってくれるのも嬉しい。まあ、色々なことをネタにされるのは少し恥ずかしいけれど。

でも悟にそれを求めるのは失礼だし、彼だってそんな気持ちになれないだろうと思っていたから、お祝いの言葉には戸惑ってしまった。

「俺はお嬢にふられたぐらいで喜久川を辞めたりしませんから安心してください」

その言葉に詩子はホッと胸を撫で下ろした。色恋は別にして悟は喜久川に必要な人で、辞めると言われたらなんとしてでも説得をしようと思っていたのだ。

「最初から望みはないってわかってたんですけどね」

「え？」

「だって、お嬢は小さいときから諒介さんのことしか見てなかったじゃないですか」

「う、うそ。私ってそんなにわかりやすかった？」

光一や保にも気づかれていたし、いわゆるダダ漏れというやつだったのかもしれない。

「よかったですね。初恋の人と結ばれて」

「あ、ありがと……」

〝初恋の人〟というのは間違いではないけれど、改めて言われると照れてしまい頰が熱くなる。

「でも、別にお嬢のこと諦めたってわけじゃないですよ。お嬢と諒介さんのことですから、結婚前に破談とか結婚しても即離婚ってこともあり得ますし」

「さ、悟さん……それ縁起悪いし」

「その場合はすぐに俺のところに来てくださいね」

優しく微笑みかけられて、詩子は諒介という人がいることも忘れドキドキしてしまった。他の人に言われたら怒ってしまいそうだけれど、普段真面目な悟がそんなことを言ったから、あのとき詩子はびっくりしたあと、つい笑ってしまったのだ。

「んふふふっ」

悟とのことを思いだした詩子は、思わず笑いを漏らしていた。

「なに、その笑い」

「ん？　いや、悟さんってやっぱりいい人過ぎるなって思って」

「それでなんでそんなやらしー笑いが出てくるわけ？」

「や、やらしくないし！」

詩子が顔を背けようとすると、一息早く諒介が手を伸ばして詩子の頭を自分の側に引き寄せた。

「んんっ」

前屈みの不自然な体勢で乱暴に唇を押しつけられて、詩子は苦しさに鼻を鳴らす。

「もう！　諒ちゃん、寝るんじゃないの？」

「俺の前で悟さんのこと思い出すな」

「なにそれ、ヤキモチ？」

詩子がニヤニヤしながら冷やかすように言うと、諒介はあっさりと頷いた。

「そうだよ。俺は詩子が俺以外の男のことを考えてるとムカつくし、邪魔したくなるの。わかったらヤキモチ焼かれないように気をつけなさい」

諒介はそう言うとひざの上で寝返りを打って目を閉じた。

「ちゃんと起こせよ。あと、おまえは一緒に寝ないよーに」

「えーズルイ！」

そう言い返したけれど、諒介はもう返事をしなかった。

「もお」

詩子は小さく呟（つぶや）くと、諒介の頭を揺らさないように、車のシートに背中を預ける。しばらくすると諒介の規則的な寝息が聞こえてきて、詩子は思わず髪に手を伸ばしそっと撫でた。

「……」

なんだか子どもみたいでカワイイ。

今まで詩子のことを子ども扱いしていた諒介が、こんなふうに甘えてくれるのが嬉しいし、ヤキモチを焼いていると言い切るなんて意外だった。

どちらかと言えば、諒介はそういうことを隠して、もしバレそうになっても誤魔化すタイプだと思っていたのに。

諒介と再会をしてすぐにお互いの関係が変わり始めたと感じたけれど、今もまたなにかが変わってきたような気がする。

うまく言えないけれど、今までも近いと思っていた距離、身体ではなく心の距離がさらに近づいたような感じだ。

「んー……」

詩子は瞼が落ちてきそうになり、小さく頭を振った。

諒介の体温が眠気を誘うのだ。大体、自分だけ寝るなんてズルイ。

鼻でも摘まんでやろうかと諒介の寝顔を見下ろして、あまりにも無防備な寝顔にイジワルをするのが可哀想になり諦めた。

「……」

しばらく頑張っていたけれど、やはり睡魔には勝てず詩子はほんの少しだけと自分に言い聞かせて目を閉じた。

この後二人で寝過ごして、しっかりと祭り実行委員の面々に怒られる羽目になるとも知らずに。

あとがき

こんにちは！　水城のあです。本書をお手にとっていただきありがとうございます。

さて、このお話は電子書籍レーベル〈らぶドロップス〉さんから昨年配信されたもので、蜜夢文庫さんからは二冊目の著書となります。

もともと担当N様と『温泉ものやりたいですね～』というその場の雰囲気から生まれ、なんとなく行き当たりばったりから始まりました（笑）

例のごとく遅筆のために季節感もへったくれもない話になっていますが、発売時期が寒いので、温泉に入りたくなっていただければ結果オーライです（よね？）

イメージとしては伊豆半島とかあの辺の暖かい温泉郷のイメージでしょうか。ちょっと鄙（ひな）びていて、多分あやしい感じのスマートボールとかのお店もあると思います。

最初はラブコメ風にしようと思っていたのですが、なんだか気づくとみんながあちこちで勝手に騒ぐだけのお話になってしまいました（汗）

テイストとしては安定のラブラブバカップルストーリーですので、ご安心ください。

今回のイラストは黒田うらら先生に描いていただきました～イチャイチャしている諒介

と詩子の素敵な挿絵ありがとうございました！　個人的に悟が好きです（笑）

そして最後に。

この本を出版するにあたって携わってくださった皆様、ありがとうございました。（特に担当のN様。いつも遅くてすみません……）

そしてそしてそんなたくさんの人の手がかかった本を手に取ってくださった皆さんもありがとうございます！

次回もまた○○みたいなお話というアバウトな話を提案させていただいてますが、いつ書き上がるかわからないので、気長にお待ちいただけたら嬉しいです。

水城のあ

敏腕俺様溺愛ボディガード
×
超箱入りお嬢様

本書は、電子書籍レーベル「らぶドロップス」より発売された電子書籍を元に、加筆・修正したものです。

露天風呂で初恋の幼なじみと再会して、求婚されちゃいました!!

２０１８年１月２９日　初版第一刷発行

著……………………………………………………… 水城のあ
画……………………………………………………… 黒田うらら
編集…………………………… 株式会社パブリッシングリンク
ブックデザイン…………………………………… しおざわりな
（ムシカゴグラフィクス）
本文ＤＴＰ………………………………………………… ＩＤＲ

発行人………………………………………………… 後藤明信
発行…………………………………………… 株式会社竹書房
〒102-0072　東京都千代田区飯田橋２－７－３
電話　03-3264-1576（代表）
03-3234-6208（編集）
http://www.takeshobo.co.jp
印刷・製本………………………………… 中央精版印刷株式会社

ISBN978-4-8019-1353-0　C0193
Printed in JAPAN

TAKE
SHOBO